Ravensburger Taschenbücher
Band 405

Briefe an Pauline

Für Aufklebeadressen, Kerzen, Radiergummis, Zahnpasta, Kohlepapier und Bleistiftspitzer geschrieben, gezeichnet und durch acht Geschichten bereichert von

James Krüss

Otto Maier Verlag Ravensburg

Erstmals 1977 in den Ravensburger Taschenbüchern
Lizenzausgabe mit Genehmigung des
Verlages Friedrich Oetinger, Hamburg

Umschlagentwurf: Rolf Rettich

Gesamtherstellung: Ebner, Ulm
Printed in Germany

5 4 3 2 1 81 80 79 78 77

ISBN 3-473-39405-X

Erster Brief

Einiges über Pauline, bitter notwendige Kleinigkeiten, zwei Häuser und dieses Buch

Liebe Leser,

dieses Buch enthält einen Briefwechsel zwischen meiner kleinen Freundin Pauline und mir. Deshalb muß ich Euch Pauline am Anfang kurz vorstellen.

Wie sie aussieht, habe ich Euch hier aufgezeichnet. Aus dem Gedächtnis. Weil ich kein Photo von ihr habe. Ich glaube aber, die Zeichnung ist ähnlich geworden. (Vielleicht sogar ähnlicher als ein Photo.)

Als ich Pauline kennenlernte, war sie gerade zur Schule gekommen und konnte noch nicht lesen. (Deshalb war sie eine gute Erzählerin.) Sie wohnt in einem Dorf bei München, in dem ich damals auch wohnte. So kam sie nach der Schule manchmal bei mir vorbei und erzählte mir Geschichten. Diese Geschichten kaufte ich ihr für Obst, Bonbons, Schokolade, kalten Truthahn, Eis oder Nüsse ab und machte daraus das Buch "Pauline und der Prinz im Wind". Es ist, wenn Ihr so wollt, der erste Pauline-Band. Dieses Buch wäre dann der zweite Band, der sich allerdings in einem

wichtigen Punkt von Band 1 unterscheidet:
Im ersten Buch erzählt Pauline Geschichten. Für mich.

Im zweiten Band erzähle ich Geschichten. Für Pauline.

Das hat zwei Gründe: Erstens kann Pauline inzwischen lesen und schreiben. (Deshalb erzählt sie nicht mehr so hübsch wie früher.) Zweitens wohne ich nicht mehr in Paulines Dorf, sondern einige tausend Kilometer davon entfernt - auf den Kanarischen Inseln, gegenüber der Wüste Sahara. Und hier gibt es manche Kleinigkeiten nicht, die zu bitteren Notwendigkeiten werden, wenn man sie nicht hat. Diese Kleinigkeiten hat Pauline mir geschickt. Und ich habe ihr dafür Briefe, Geschichten und Zeichnungen geschickt.

Das Haus, in dem das erste Buch entstanden ist, zeichne ich Euch hier auf. Es ist einfach zu übersehen und daher auch einfach zu zeichnen: mein Haus, das Gästehaus, zwei kleine Terrassen und ein bißchen Garten.

Das zweite Haus, in dem ich jetzt wohne, kann man unmöglich auf einen Blick übersehen. Allein für das Haupthaus mit den Terrassen Nr. 1 und Nr. 3 brauchte

ich viel mehr Platz als für die beiden bayerischen Häuser zusammen. (Zwischen den Säulen der hochgebauten Terrasse Nr. 1 erkennt Ihr übrigens Fenster des Gästehauses und ein paar Fliesen von Terrasse Nr. 3.) In diesem kanarischen Hause entstand das zweite Buch.

Ich hoffe, es gefällt Euch!
Euer
James Krüss

Zweiter Brief

*Über das Glücklichsein, Terrassen,
Blumen, Bäume, Nachbarn, die heilige Dolores,
fromme Gesänge und Aufklebeadressen*

Liebe Pauline,
dankeschön für Deine Karte mit der Frage, ob ich auf meiner Insel glücklich bin! Ehrlich gesagt: Wann ich glücklich bin, weiß ich nie so ganz genau. Ich merke es meistens erst, wenn es vorbei ist, also hinterher. Wenn Du mit Deiner Frage aber meinst, ob ich mich wohlfühle, dann kann ich Dich versichern, daß ich mich sogar pudelwohl fühle. Mir gefällt mein Haus, mir gefällt die Sonne, mir gefällt das Meer, und mir gefällt die Insel Gran Canaria, auf der ich jetzt lebe. Statt der zwei Terrassen, die ich in Deutschland hatte, habe ich hier einundzwanzig Terrassen, wenn einige auch nur so groß wie vier aneinandergelegte Handtücher sind. Die Terrasse Nr. 1 zeichne ich Dir hier auf. Das Gefäß auf dem Steintisch ist ein Porron, ein spanischer Wasserkrug, aus dem man trinkt, indem man den Wasserstrahl von oben in den Mund laufen läßt.

Auf meinen Terrassen, die - außer den zwei Dachterrassen - ein bißchen kurios auf einen Felsen geschachtelt sind, wachsen die Blumen, Büsche und Bäume, die hier üblich sind, nämlich Rosen, Gerbera, Mimosen, Calla, Gladiolen, Nelken, Hibiskus, Efeu, Passionsblumen, zentnerweise Geranien in rot, rosa und weiß und viele Arten von Kakteen. An Bäumen gibt es Zitronen- und Apfelsinenbäume, indischen Lorbeer, die Jacaranda, die blaue Blüten hat, den Aguacate, einen Gemüsebaum, Magnolien, die auch Tulpenbäume heißen, und ein paar kleine Drachenbäume, die die Schildkröten unter den Bäumen sind. Sie werden nämlich genau so langsam groß wie die Schildkröten, werden dafür aber auch genau so alt

wie die gepanzerten Tiere, nämlich mehrere hundert, manchmal sogar mehrere tausend Jahre.

Unterhalb meines weißlackierten eisernen Gartentors wohnt der Hirte Manolito mit seiner Familie, sechzig Schafen und einigen Ziegen, die er jeden Morgen in die Schlucht treibt und jeden Abend spät wieder zurückbringt. (Die Tiere, nicht die Familie.)

Hinter meinem Haus, in Hütten und Häuschen, die teilweise an der unteren Hälfte meiner Hauswand kleben, wohnen so viele Leute, daß ich bis heute noch immer nicht weiß, wie viele es sind. Ich kenne nur die Familie der alten Juanita, bei der ich die Eier kaufe. Diese Familie zählt seit gestern sechzehn Personen, weil Gloria, die Tochter der Tochter Juanitas, gestern ein Schwesterchen bekommen hat, das schon schreien kann.

Da mein Haus nach hinten keine Fenster hat, habe ich leider keine Übersicht über diese Nachbarschaft. Aber bei der nächsten Fiesta, wenn sie alle auf den Dächern stehen, um dem Feuerwerk zuzuschauen, werde ich sie einmal zählen. Ich nehme an, daß es sich um sieben Familien handelt; denn es sind sieben Hunde da.

Unterhalb meiner untersten Terrassen, nach Osten, liegt eine tiefe Schlucht. Dort habe ich nur Ratten zu Nachbarn, die mich aber niemals besuchen, weil der Fels zu steil aufsteigt.

Nach Süden, hinter der durchbrochenen weißen Mauer, liegt eine Felsnase aus bizarr geformtem Vulkangestein, die hauptsächlich von Feigenkakteen bewohnt wird. Über diese Felsnase hinweg sehe ich in einem Halbrund krausgrüner oder brauner Hänge das Dorf im Tal, das La Calzada heißt.

La Calzada ist, genaugenommen, nur eine Straße. (Das spanische Wort calzada heißt einfach Fahrdamm oder Chaussee.) Wir haben keine Kirche, keinen Bürgermeister und keinen Polizisten, aber eine Bar, in der es sehr leckere Kaninchen mit Safran und Knoblauch gibt, und einen Laden, der

Ali Babas Höhle gleicht. Seine Schätze bestehen allerdings nicht aus Gold und Edelsteinen, sondern aus Würsten, Schinken, Maiskolben, Zuckersäcken, Kochtöpfen, Glühbirnen, Bastkörben, Wolldecken, Würstchenschlangen, Bananenstauden und Wänden voller Flaschen. Dieser Laden ist auch die Post.

Jeden Mittag punkt ein Uhr zehn kommt der Autobus von der Hauptstadt Las Palmas mit dem Postsack. Der Autobus-Post-Begleit-Angestellte Adolfo, der viel Witz und Plattfüße hat, watschelt dann mit dem Sack an die Theke, läßt sich das Ablieferungspapier unterschreiben, wünscht allen Anwesenden viel Glück und Post und autobust weiter hinauf ins Gebirge. Ich aber suche mir, wenn der Postsack ausgeleert ist, zwischen frischem Schafskäse links und einem Sack Mais rechts meine Karten, Briefe, Telegramme oder Päckchen heraus. Für mich ist Don Antonio, der Ladenbesitzer, so etwas wie ein heiliger Nikolaus, weil er mir Tag für Tag seine Gaben aus dem Postsack auf die Theke schüttet. (Du siehst aus meiner Zeichnung, wie das vor sich geht.)

An Heilige wird man auf dieser Insel übrigens oft erinnert, weil jedes Dorf einen Heiligen zum Patron hat und sein Namenstag eine ganze Woche lang mit viel Krach, Musik und Feuerwerk gefeiert wird.

Unsere Patronin ist die heilige Jungfrau selbst, die Schmerzensmutter oder Mater dolorosa, die wir Santa Dolores nennen. Vorige Woche feierten wir ihr Fest. (Hier sagen wir Fiesta.) Sieben Lautsprecher dröhnten sieben Tage lang zu ihren Ehren. Da die Bar nur ein paar Schallplatten besitzt, lernte ich alle

CORREO
UNSERE DORFPOST

Lieder in diesen sieben Tagen auswendig. Sie heißen: "Küss mich, küss mich...", "La Paloma", "Ich liebe dich..." und "Armer, armer Bräutigam, o armer Rafael".

Am Namenstag der Patronin war ich bei Don Antonio zu einem riesigen Schmaus eingeladen. Wir saßen im Innenhof unter der Weinpergola und verzehrten Hühnersuppe, Fisch, einen Viertel Stier, riesige Salatplatten und sehr süße Kuchen.

Abends wurde eine Würstchenbude aufgestellt, und dann kam der kleinste Zirkus der Welt. Er führte auf zwei aneinandergestellten Küchentischen für jeden etwas und von allem ein bißchen vor: ein bißchen Tanz, ein bißchen Gesang, etwas Akrobatik, sehr bescheidene Zauberei und den kleinsten Clown der Welt, den ich Dir hier - mit Größenangabe - aufzeichne.

Auf den Zirkus folgte die Lichterprozession. Die Kerzen brannten in umgedrehten Flaschen, denen man den Boden ausgeschlagen hatte. Man sang sehr fromme Lieder. Aber der Schluß des Zuges blieb immer um einen Takt hinter denen zurück, die vorne sangen. Trotzdem war es hochfeierlich.

In der Nacht stand ich mit einem Besuch aus Deutschland und einer Karaffe Wein auf der höchsten Terrasse meines Hauses und sah dem Feuerwerk zu.
Es schoß in gebündelten Strahlen in den Himmel auf, platzte oben funkensprühend auseinander und sank danach als feuriger Regen nieder, alle Höhen rings erleuchtend.
Nach dem Schauspiel hörten wir den dicken Marero,

den Kaninchenwirt, durch den Lautsprecher fragen, was das Feuerwerk wohl gekostet habe.

"Tausend Peseten?" fragte jemand.

"Mehr!"

"Zweitausend?"

"Mehr!"

"Viertausend?"

"Noch mehr!"

"Siebentausend?"

"Jawohl! Siebentausend Peseten!"

Das sind immerhin fast fünfhundert Mark. Ich selbst hatte einige Tage vorher auch für das Feuerwerk gespendet. Mindestens eine grünrote Lichtkaskade stammte also von mir.

Steht der Namenstag der Schmerzensmutter eigentlich in Deinem Heiligenkalender? Ich habe in Deutschland nie davon gehört.

Schreib mir mal darüber, und schick mir, wenn Du kannst, gummierte Aufklebeadressen, wie es sie auf der Post gibt. Hier sind sie nämlich nur so groß wie Etikette für Schulhefte. Außerdem haben sie einen Schmuckrand in Blau, der mir nicht gefällt. Das Geld gebe ich Dir, wenn ich wieder nach Deutschland komme.

Das war ein langer Antwortbrief auf eine kurze Karte. Vielleicht bekomme ich das nächste Mal auch von Dir einen Brief?

Grüße Deine Riesenfamilie, bleibe vergnügt und schreibe wieder

Deinem alten Freund,
den man im Dorf
Don Jaime nennt

Dritter Brief

Enthält die erste Geschichte über einen Hirten, eine Ziege und eine geheimnisvolle Insel

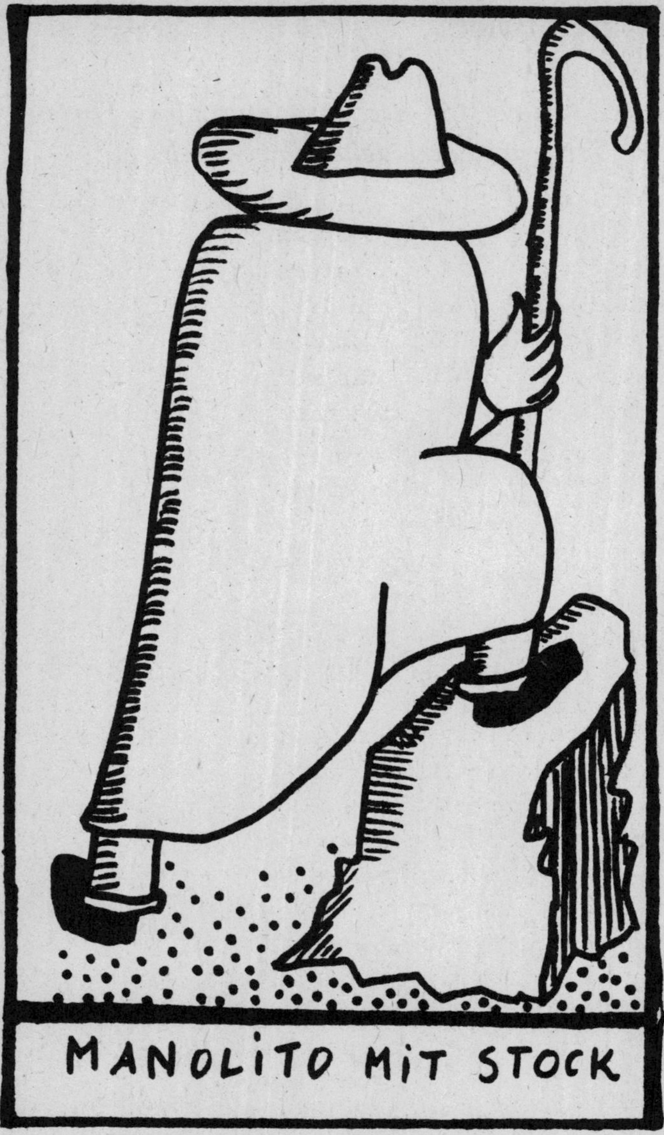

MANOLITO MIT STOCK

Liebe Pauline,
kurz, nachdem ich den Brief an Dich eingesteckt hatte, sprach ich mit meinem Nachbarn, dem Hirten Manolito, über das Wohlfühlen und das Glücklichsein. Dabei erzählte er mir eine Geschichte, die ich so hübsch finde und die meine Bemerkung über das Glücklichsein so gut ergänzt, daß ich sie Dir aufschreiben will. Eine Zeichnung von Manolito füge ich bei. Da ich sein Gesicht so schlecht zeichnen kann, habe ich ihn von hinten porträtiert. Die Insel San Borondón und das weiße Zicklein zeichne ich Dir in die Geschichte hinein, welche heißt:

Die Geschichte Manolitos, des Hirten

Es ist mit dem Glück eine seltsame Sache, Señor. Wer es hat, merkt es nicht. Wer es sucht, findet es nicht. Nur wer es verloren hat, merkt hinterher, daß er das Glück für einen Augenblick in seinen Händen gehalten hat.

Mit dem Glück, Señor, geht es uns wie mit der achten unserer kanarischen Inseln, die, wie Sie wissen, den schönen Namen San Borondón trägt. Man sagt, dort sei noch ein Stück des verlorenen Paradieses lebendig. Piraten, die die Insel im sechzehnten Jahrhundert ansteuerten, haben behauptet, dort mache eine reißende Strömung jede Landung unmöglich. Andere Seefahrer – Portugiesen, wenn ich nicht irre – wollen die Insel betreten haben. Sie behaupten, dort sei alles eitel Sonnenschein und Freude.

Es gibt, Señor, viele Balladen, Lieder und Bücher über die Insel San Borondón, aber kaum einer kann sich rühmen, sie gesehen zu haben.

Ich bin einer der wenigen, die sie wirklich gesehen haben, und zwar an einem heißen Sommernachmittag.

Mir war damals eine der Ziegen verlorengegangen, und ich vermutete, daß sie nach oben geklettert sei. Deshalb überließ ich die Herde in der Schlucht meinen beiden Hunden und stieg einen Kamelpfad in die Höhe, den die Dromedare Don Felipes ausgetreten haben.

Oben auf dem Kamm, von dem aus man das Meer nach Norden übersehen kann, fand ich die Ziege tatsächlich. Aber sie benahm sich merkwürdig und ganz anders als sonst. Sie meckerte nicht, als ich kam. Sie weidete auch nicht. Sie stand einfach da, bewegungslos, wie eine Statue, und blickte aufs Meer.

Ich erinnere mich noch, daß vom Wasser her ein leichter Wind kam und daß ringsum die Grillen lärmten.

Aber als ich mit den Augen dem Blick der Ziege folgte und auch auf das Meer schaute, spürte ich den Wind nicht mehr und hörte auch die Grillen nicht mehr. Mir war zumute, Señor, als ob Land und Meer den Atem anhielten; denn unter mir – zum Greifen nah – lag auf dem blauen Meer eine Insel, die ich nie zuvor gesehen hatte. Sie bildete ein längliches Oval, und ich sah vier Flüsse die Insel durchziehen, deren Wasser in der Sonne blitzte. Auch zählte ich auf sieben Hügeln sieben Städte. Die Uferseite, die mir zugekehrt war, leuchtete in tiefem Grün. Solches Grün hatte ich vorher nie auf unseren Inseln gesehen. Es waren saftige Wiesen, wie es sie wahrscheinlich bei Ihnen in Europa gibt, Weiden, von denen meine Schafe nur träumen, weil sie sie niemals sehen werden auf diesen Inseln unter der Sonne. Ich sah auch einen Weg, auf dem eine Kutsche rollte, und einen Kamelreiter und eine Herde kräftiger, schneeweißer wunderschöner Schafe.

Ich kann nicht sagen, Señor, wie lange meine Ziege und ich auf diese Insel starrten. Vielleicht waren es Stunden, vielleicht nur Sekunden. Ich weiß nur noch, daß ich zu meiner Ziege sagte: „Das da unten, Pacharita, mein Vögelchen ..." (so heißt die Ziege nämlich) „... das da unten, Pacharita, ist San Borondón."

Ich sagte das ganz beiläufig, Señor, nicht so verzückt wie die Schwedinnen, wenn sie unseren Sonnenaufgang sehen, auch nicht so geheimnisvoll wie manche Priester, wenn sie den Segen erteilen. Ich sagte es beiläufig, als ob ich gesagt hätte, daß gutes Wetter ist. Ich war mir in dem Augenblick gar nicht klar über das große Glück, das mir zugestoßen war.

Ich wurde mir erst klar darüber, als ich den Namen der Insel genannt hatte. Denn da schäumte das Meer plötzlich auf, und die Insel wurde von Schaumschleiern eingehüllt wie von Nebel.

Da hörte ich mit einem Male auch die Grillen wieder, spürte wieder den Wind vom Wasser und sah meine Ziege sich wieder bewegen. Sie schüttelte zuerst den Kopf, als ob sie lästige Fliegen vertreiben wolle, und sprang dann hinunter in die Schlucht zurück zur Herde.

Verblüfft schaute ich ihr nach. Dann blickte ich wieder aufs Meer. Es lag ganz still und blau und unschuldig unter der Sonne. Keine Welle bewegte es, und ich sah nichts anderes auf dem Wasser als einen kleinen weißen Dampfer in der Ferne. Die Insel, die ich gesehen zu haben glaubte, war nicht mehr da. Sie war vielleicht nie dagewesen. Wahrscheinlich, dachte ich damals, war alles nur eine Einbildung, hervorgerufen durch den Lärm der Grillen und die flimmernde Hitze.

Aber als Pacharita, meine Ziege, wenige Tage danach ein schneeweißes kräftiges Zicklein zur Welt brachte, ein Tier, wie ich vorher nie eines in der Herde gehabt habe, da war ich plötzlich überzeugt, daß ich dennoch und wahrhaftig San Borondón gesehen hatte.

Denn mit der Insel San Borondón, Señor, geht es uns so ähnlich wie mit dem Glück: Man findet sie nicht, wenn man sie sucht. Man merkt es nicht, wenn man sie sieht. Aber hinterher, wenn sich ihr Bild verflüchtigt hat, dann weiß man, daß man sie für einen kurzen glücklichen Augenblick doch gesehen hat.

Diese Geschichte Manolitos wollte ich meiner Bemerkung über das Gutgehen noch hinzufügen, Pauline, weil Geschichten immer besser als Erklärungen sind.

Vergiß nicht zu schreiben
Deinem alten Freund J.!

Vierter Brief

Über Riesenfamilien, Heiligenbücher, den heiligen Franziskus und einen Tauschvorschlag

Lieber Don Jaime,

wie spricht man Jaime eigentlich aus und was bedeutet Don?
Schönen Dank für Deine beiden Briefe! Meine Riesenfamilie läßt Dich auch grüßen, aber mein Vater sagt, als Schriftsteller müßtest Du wissen, daß eine große Familie eine riesige Familie ist, aber keine Riesenfamilie, weil die nämlich aus Riesen besteht.

Es war alles sehr interessant, was Du mir geschrieben hast, auch über die heilige Dolores, die nicht in meinem Kalender steht. (Auch in meinem Heiligenbuch steht sie nicht.) Aber damit Du es weißt, ich finde das Heiligenbuch sehr langweilig und habe es nur für den Religionsunterricht gekauft. Lauter so fromme Sachen auf einem Haufen mag ich nicht. Nur der heilige Franziskus gefällt mir, weil er so gut zu den Tieren ist. Ich habe ihn hier auch für Dich aufgemalt.

Lieber Don Jaime, die Aufklebeadressen habe ich für Dich gekauft und sie sind in diesem Umschlag. Du brauchst mir das Geld nicht wiedergeben, sagt mein Vater. Aber Du könntest mir dafür eine Geschichte schreiben, weil nämlich die Geschichte von Manolito das Beste von Deinen Briefen war und weil ich Dir früher auch Geschichten geschenkt habe, wofür Du mir Leckersachen gegeben hast. Du brauchst gar keine langen Briefe über Deine fremdländischen Pflanzen und die heilige Dolores schreiben, nur Geschichten, am liebsten über Tiere oder den heiligen Franziskus. Ich kauf Dir auch gern andere Sachen, die Du brauchst, für eine Geschichte, dann habe ich nämlich Unterhaltung, und Du hast das, was es bei Euch auf den Kanarischen Inseln nicht gibt. Und dann sind wir beide zufrieden, also überleg Dir das mal!

Von uns gibt es nicht viel zu berichten. Der Peter war in Frankreich, hat aber nicht viel Französisch gelernt, nur so unanständige Wörter, wie der Hartlbauer sie immer sagt. Die Beate geht jetzt in die Schule und der Klaus ist zu mir noch genau so frech wie früher.

Also, lieber Don Jaime, fühle Dich recht wohl zwischen Deinen Jacarandas und anderen Pflanzen und viele Grüße

von Deiner Pauline

Fünfter Brief

Enthält die Antwort auf die Frage, warum man „Don“ genannt wird, Bemerkungen über das Autofahren, eine Geschichte über den heiligen Franziskus und die Bitte um Radiergummis

Liebe Pauline,

sehr, sehr herzlichen Dank für die Aufklebeadressen, die ich wirklich dringend nötig hatte! Nun können meine Pakete, Päckchen und großen Briefe ordentlich etikettiert in alle Welt gehen.

Deinen Tauschvorschlag habe ich mir überlegt, und ich bin einverstanden: Du schickst mir Kleinigkeiten, die ich benötige. Ich schicke Dir dafür Geschichten.

Schon einige Tage nachdem ich Deinen Brief erhalten hatte, legte ich mich auf einen Badestrand mit schwarzem Sand und begann auf einem Block mit kariertem Papier eine Geschichte über den heiligen Franziskus. Aber es wurde bald zu heiß zum Schreiben. (Obwohl ich nah am Wasser lag, wie meine Zeichnung zeigt.) Deshalb bin ich rasch ins Meer gesprungen und anschließend heimgefahren, um die Geschichte dort weiterzuschreiben. In einem Liegestuhl auf der Terrasse Nr. 11 habe ich sie dann so bedachtsam zu Ende gebracht, wie es sich für einen frommen Mann wie den heiligen Franziskus gehört. Danach habe ich die Geschichte zwei Tage liegen lassen und sie schließlich im Bambuspavillon auf meinem Dach verbessert und ein bißchen umgeschrieben.

Bevor ich die Geschichte abschreibe, ~~WX~~ will ich Dir noch erklären, daß das J im spanischen wie "ch" im deutschen Wort "lachen" ausgesprochen wird. Jaime wird also wie Chaime ausgesprochen.

Warum man mich "Don" nennt, habe ich erst sehr spät erfahren. In Spanien (unsere Inseln gehören in der Erdkunde zu Afrika, politisch zu Spanien),

in Spanien also ist ein "Don" so etwas wie früher bei uns ein "gnädiger Herr". Weil ich nun in meinem Haus über dem ganzen Dorf throne, meinte ich, deshalb würde ich "Don" genannt. Aber das war ein Irrtum. Man nennt mich aus ganz anderem Grund so, nämlich weil ich für mein Auto einen Chauffeur habe. Es gibt ein spanisches Sprichwort, das heißt: "Un señor no porta". Es bedeutet, daß ein Herr nicht trägt, nicht schleppt, nicht schuftet.

Wenn nun jemand nicht einmal das Steuer seines Autos anfaßt, sondern sich dafür eigens einen Chauffeur hält, dann - so meinen die Leute im Dorf - muß er ein ganz besonders feiner Herr sein. Und dann redet man ihn natürlich mit "Don" an.

Daß ich in Wirklichkeit einen Chauffeur brauche, weil ich zum Autofahren zu ungeschickt bin, glauben die Leute mir nicht. Sie meinen, Autofahren hätte etwas mit Intelligenz zu tun und ich könnte chauffieren, wenn ich nur wollte. Ich lasse sie in dem Glauben. Außerdem habe ich inzwischen Geschmack daran gefunden, mich fahren zu lassen. Da sehe ich viel mehr als der Mann am Steuer, der übrigens Amado heißt und alle tausend Kurven dieser Insel genau kennt. Du siehst ihn hier auf der Zeichnung.

So, nach dieser Erklärung sollst Du Deine Geschichte haben, die ich auch ein bißchen illustriert habe. Sie heißt:

Wie Franziskus den Lerchen predigte

Einst ging der heilige Franziskus an einem milden Sommertag über das Feld. Da fand er eine Lerche mit gebrochenem Flügel. Sie tat ihm in der Seele leid; denn eine Lerche, die nicht aufsteigen und singen kann, ist übler dran als ein Wurm oder ein Käfer, deren Glück und Heimat der Erdboden ist. Der gute Franziskus ging hin und berührte die Lerche: Da war sie gesund.

„Ich möchte dir danken, guter Mensch“, zwitscherte die Lerche. „Aber was kann Lerchendank dir nützen? Lieber möchte ich etwas für dich tun!“

„Wer Gutes tut, soll keinen Dank erwarten“, erwiderte Franziskus. „Aber vielleicht könntest du mir einen Wunsch erfüllen, nicht weil du mir Dank schuldest, sondern einfach so: aus Freundlichkeit!“

„Nenne deinen Wunsch, guter Mensch!“

„Hole deine Brüder und Schwestern, kleine Lerche, und erlaube mir, euch eine Predigt zu halten.“

Der Vogel seufzte: „Muß das sein?“

„Nein“, antwortete Franziskus. „Es muß nicht sein. Aber ich möchte euch gern vom Lerchenhimmel erzählen.“

„Das ändert die Sache!“ zwitscherte der Vogel. „Warte hier, und bereite deine Predigt vor.“

Keine Stunde war vergangen, da glich das Feld einem Lerchenteppich. Das zwitscherte und tirilierte, das hüpfte und kopfnickte um den heiligen Mann herum, als sei das Feld schon der Lerchenhimmel.

Nun faltete Franziskus die Hände und betete: „Vater im Himmel, an den ich glaube, hilf mir die rechten Worte finden. Amen.“

Die Lerchen auf dem Feld hoben bei dem Gebet die Köpfchen und wurden still. Da begann Franziskus seine Predigt:

„Ihr lieben Schwestern und Brüder der Luft, seht euch den Bussard an, der über unseren Köpfen kreist. Er möchte niederstoßen und einen von euch verschlingen. Aber er wagt es nicht. Ihr seid zu viele. Das macht ihm Angst. Nun werdet ihr denken, so könnte auch der Lerchenhimmel sein: lauter Lerchen, lauter liederreiche Kehlen, lauter Glück und Gesang und Feinde, die Angst vor euch haben! Aber ich sage euch: Im Lerchenhimmel wird es auch Bussarde geben. Nur verschlingen sie euch nicht. Im Lerchenhimmel wird es Katzen geben. Nur verfolgen sie euch nicht. Im Lerchenhimmel wird es auch

Insekten geben. Nur ihr verspeist sie nicht. Wer dort hungrig ist, braucht nur den Schnabel zu öffnen, und die Luft sättigt ihn."

Einige der Lerchen seufzten bei dem Gedanken an diese ewige Glückseligkeit. Nur ein Lerchenherr hatte gewisse Zweifel. Zwitschernd fragte er: „Was muß man tun, um in den Lerchenhimmel zu kommen? Beten und fasten und freitags keine Insekten fressen?"

Der heilige Mann lächelte über die Frage des Vogels und antwortete: „Tut das, was den Lerchen aufgetragen ist: Seid fröhlich und singt. Dann ersingt ihr euch das Vogelparadies."

Da schwangen Hunderte kleiner Lerchen sich auf in den Sommerhimmel und sangen so hell und so schön, daß ihr Lied bis hinauf ins Paradies drang.

Franziskus auf dem Felde hörte ihnen zu und dachte bei sich: „Gut, daß ich ihnen nur zwei Gebote gegeben habe:

Fröhlich zu sein und zu singen. Das macht die Lerchen und die Menschen glücklich. Und eine längere Predigt hätten die Vögel doch nicht verstanden. Denn sie haben zu kleine Köpfe."

Als er am Abend in seiner Klosterzelle lag, träumte dem Heiligen, er stehe mitten im Lerchenparadies zwischen Hunderten kleiner Lerchen, die sich in Fröhlichkeit das Paradies ersungen hatten.

Ich hoffe, Pauline, die Geschichte hat Dir gefallen, weil sie nur eine ganz kurze Predigt enthält. (Hochwürden Mooshammer sollte sich daran ein Beispiel nehmen.)

Wenn Du mir etwas Gutes tun und eine neue Geschichte haben willst, dann denke, bitte, daran, daß wir hier sehr schlechte Radiergummis haben und daß ich die weichen weißen aus Deutschland sehr gut gebrauchen kann.

Grüße Deine riesige Familie, und sei
Du herzlich gegrüßt von Deinem

Don Jaime

Sechster Brief

Über fromme und verrückte Geschichten, aufgeschlagene Knie und Paulines Meinung über den Sport

Lieber Don Jaime,

schönen Dank für Deine Geschichte vom heiligen Franziskus. Mein Vater, der ja auch Franz heißt, sagt, daß es eine richtige franziskanische Geschichte ist. Ich mag sie auch, aber fromme Geschichten habe ich eigentlich genug im Lesebuch. Nächstes Mal möchte ich lieber eine Geschichte, die ein bißchen verrückt ist. Die kannst Du nämlich viel besser, zum Beispiel in Deinem Hörspiel, wo die Hasen singen. Schreib mir doch mal den Lebenslauf von einem Hasensänger auf. Das ist natürlich nur ein Vorschlag, verstehst Du. Wenn Du nicht willst, dann schreibst Du eben eine andere Geschichte.

Lieber Don Jaime, morgen schicke ich Dir die Radiergummis. Das ist der Vorschuß für die nächste Geschichte. Der Lebenslauf von einem Hasensänger täte mich schon sehr interessieren, aber Du kannst mir auch eine andere Geschichte schicken. Darüber freue ich mich genau so.

Verbesserst Du Deine Geschichten immer? Und wo ist denn die Terrasse Nr. 11?

Von uns gibt es nicht viel Neues zu

berichten. Die Beate macht ihre Schularbeiten sehr ordentlich, und der Klaus hat eine Narbe am Knie, weil er Fußball gespielt hat. Du siehst ihn hier auf dem Bild. Mutti sagt, man kann Sport auch übertreiben. Aber Harry sagt, was ein richtiger Sportler ist, der muß manchmal auch bluten. Mir ist das egal. Ich bin nicht für Sport. Ich lese lieber Geschichten oder singe.

Lieber Don Jaime, es wäre sehr schön, wenn Du für mich eine Geschichte über einen singenden Hasen schreiben würdest.

Viele Grüße von uns allen.
Deine Pauline

Klaus

Siebenter Brief

Enthält Bemerkungen über Sportler und Sportwarte, Talent und Fleiß, Flüsse und Schluchten, eine fünfzehnjährliche Müllabfuhr und den Lebenslauf eines Hasensängers

Liebe Pauline,
unsere Geschäfte gehen wirklich ausgezeichnet: Deine Radiergummis sind angekommen, und meine neue Geschichte ist fertig.

Über den Sport bin ich mit Dir einer Meinung. Ob jemand ein bißchen schneller läuft als ein anderer, finde ich so wichtig nicht. Meistens sind es auch nur die dicken kurzatmigen ernsten Herren Sportwarte, die so ein Gesumms um die Sache machen. Die Sportler selbst sind oft viel lustiger und schnurziger. Aber für eine Sportart habe auch ich eine Schwäche. Das ist das Wasserballspiel. Wenn irgendwo ein solches Spiel stattfindet, bin ich dabei. Natürlich nur als Zuschauer. Die Torwarte, die ohne Grund unter den Füßen hoch aus dem Wasser aufschnellen, um den Ball abzufangen, finde ich phänomenal. (Phänomenal heißt eigentlich "eigentlich", aber Du weißt schon, was ich meine.) Zur Erläuterung zeichne ich Dir einen Wasserball-Torwart auf.

Daß Beate fleißig ihre Schularbeiten macht, habe ich erwartet. Sie muß nämlich Talent durch Fleiß ersetzen wie so viele Mädchen. Deshalb hast Du Deine Schularbeiten auch immer so nachlässig gemacht.

Aber Du brauchst Dir darauf gar nichts einzubilden. Talent ist nämlich kein Verdienst. Man hat es oder hat es nicht. Ich bilde mir auf mein Talent als Geschichtenerzähler auch nichts ein. Nur wenn ich mich schrecklich abrackere und eine Geschichte drei-, vier- oder sogar zehnmal umschreibe, dann bilde ich mir etwas ein, weil ich dann nämlich mein Talent fleißig geputzt und blank gemacht habe.

Die neue Geschichte, die Du für Deine Radiergummis bekommst, habe ich übrigens in einem Zuge geschrieben. Auf der Terrasse Nr. 11, von der Du wissen willst, wo sie liegt.

Laß Dir das vor dem Lebenslauf des Hasensängers schnell erklären.

Unsere Insel, die trotz der Palmen, Eukalypten und blühenden Bougainvilleen ziemlich kahl ist, war einmal üppig begrünt und durchzogen von Flüssen, die sich tief in die Felsen eingeschnitten haben. Heute sind diese Flußbetten trocken. Es sind tiefe Schluchten, die die Insel kreuz und quer durchziehen und die die Einheimischen Barrancos nennen.

Eine dieser Schluchten läuft hoch oben vom Gebirge herunter bis in die Hauptstadt Las Palmas. Auf der Brücke, die sie in der Nähe der Kathedrale überspannt, pflegen die Autobusse mit den Touristen anzhhalten. Dann sagen die Reiseleiter durch das

Mikrophon: "Hier, meine Damen und Herren, sehen Sie unseren ehemaligen Fluß, heute die Schlucht von Guiniguada!" (Die Reiseleiter sprechen es ganz korrekt Gi-ni-gu-a-da aus.)

Diese Schlucht von Guiniguada, Pauline, läuft im Osten unterhalb meines Hauses vorbei. Beugst Du Dich auf meiner alleruntersten Terrasse, der Nummer zwölf, über die Mauer, siehst Du fünfzehn bis zwanzig Meter unter Dir Kieselsteine, Felsbrocken, Büsche, Bäumchen und den Abfall meines Hauses, den meine Mädchen mangels einer Müllabfuhr mit ruhigem

Gewissen hinunterkippen. (Alle fünfzehn Jahre, wenn starker Regenfall die Schlucht wieder zum Flusse macht, wird der Müll dann wieder fortgeschwemmt.) Auf der anderen Seite der Schlucht steigt eine Felswand auf, von der ich hier einen Teil zu zeichnen versucht habe.

Um es kurz zu machen: Oberhalb der Schlucht liegt die Terrasse Nr. 12, und innerhalb der Terrasse Nr. 12 liegt erhöht die Terrasse Nr.11, die Morgensonne hat. Dort sitze ich nach dem Frühstück gern im Liegestuhl unter Zitronenbäumen und schreibe mit einem Block auf meinen Knien. Dort habe ich auch die neue Geschichte für Dich geschrieben und gezeichnet. Hier ist sie:

Der Hase mit dem Kiekser

Ein Hasenjunge wollte gerne Sänger werden. Sein Ziel war, einmal Tenor an der berühmten Löffelheimer Scala zu werden. Das war, wie jeder Kenner der Hasen-Musikwelt zugeben muß, kein geringes Ziel; aber es schien durchaus im Bereich des Möglichen zu liegen. Der junge Hase hatte nämlich, wie alle seine Lehrer übereinstimmend versicherten, ein ausgezeichnetes „Stimm-Material" und ein ganz eigenes „Timbre". Obendrein war seine Atemführung vorbildlich. Schon als Solist der Hoppelsteiner Sängerknaben widmete ihm die häsische Feld-, Wald- und Wiesenpresse spaltenlange Lobeshymnen.

Als nun der vielversprechende Hase in das gefährliche Alter des Stimmbruchs kam, kippte seine Stimme öfter und hörbarer über als bei den anderen Hasen seines Alters. Immer wieder schlich sich ein störender Kiekser in seine Rede ein und leider auch in seinen Gesang.

Da begab sich der Hasenjunge zu seinem Gesanglehrer und sagte, immer wieder von Kieksern unterbrochen: „Herr Humpelmann, es hat keinen Kiek, Verzeihung, keinen Sinn, daß ich im Augenblick weiter bei Ihnen studiere. Wenn eine Stimme kikiekt, kann man unmögkiek singen."

„Wohl, wohl, mein Junge", erwiderte Lehrer Humpelmann, „setzen wir mit den Übungen für eine Weile aus, bis du den Stimmbruch überstanden hast."

Kein halbes Jahr war vergangen, als es mit dem Stimmbruch vorüber war. Aber leider, leider schien dem jungen Hasen für sein ganzes Leben der leidige, lästige lächerliche Kiekser geblieben zu sein. Was die Stimme an Fülle und Reife dazugewonnen hatte, wurde ihr durch das blamable Kieksen wieder genommen. Sang er die berühmte Arie aus dem ersten Akt der Oper „Lampedon und Lampedusa", so klang es:

O Lampedu-kiek-se,
Du meine Mu-kiek-se,
Du meine Muse und mein Li-kiek-licht.
O süße Klei-kiek-ne,
O sei die Mei-kiek-ne!
Ohne dein Lächeln leb ich ni-kiek-nicht!

Humpelmann, der Gesanglehrer, war verzweifelt, als er das hörte. Der junge Hase war ebenfalls verzweifelt. Und was in der Hasen-Musikwelt Rang und Namen hatte, rang die Pfoten darüber, daß ein so einzigartiges Talent an einem lächerlichen kleinen Kiekser scheitern sollte. Berühmte Hals-, Nasen-, Ohrenhasendoktoren versuchten, den jungen Sänger mit allen möglichen Kuren zu heilen, Hasenseelen-Forscher wurden zu Rate gezogen, Stimmbildner versuchten ihr Glück; aber alles war umsonst. Als der junge Sänger nach einer wochenlangen Schweigekur endlich wieder seinen Mund auftat, sprach er den später berühmt gewordenen Satz: „Kiek glaube, kiek bin gickheilt."

Kurzum: Der Kiekser war noch immer da.

Nun war guter Rat teuer, bis dem Gesanglehrer die ret-

tende Idee kam. In der Fachzeitschrift für das Hasenopernwesen, „Polyhasia", schrieb er über seinen Schützling einen langen Artikel, in dem er ihm eine glänzende Laufbahn prophezeite. Der Artikel schloß mit dem unverständlichen Satz: „Wenn man nicht gegen den Wind segeln kann, muß man mit ihm segeln! Kiek!"

Kein Hase, der den Artikel las, begriff ihn. Erst ein Vierteljahr später wurde allen musikalischen Hasen klar, was der Lehrer des jungen Sängers gemeint hatte. Um diese Zeit wurde nämlich die altbekannte komische Kriminaloper „Kicky, der Hasendetektiv" in neuer glanzvoller Besetzung herausgebracht. Die Titelpartie aber sang niemand anders als der vielversprechende junge Hase. Und zwar mit Kiekser.

Der Erfolg war umwerfend. Es gab mehr als hundert Vorhänge. Man applaudierte sich die Hasenpfoten wund. Das Kieksen wurde Mode unter den Hasen. Und eine Schallplattenfirma verdiente mehrere Millionen Hasentaler mit der Kieks-Arie:

Siebenundsiebzig schwere Fälle
Löste Kicky ganz allein.
Siebenundsiebzig Kriminelle
Brachte er ins Loch hinein.
Siebenundsiebzig harte Nüsse
Knackte Kicky, kühn und keck,
Siebenundsiebzig Hindernisse
Kiekste Kicky einfach weg,
Kiekste Kicky,
Kiekste Kicky,
Kiekste Kicky
Einfach weg!

Der junge Hase wurde als Held komischer Opern einer der gefeiertsten Hasensänger seiner Zeit. Unnötig zu sagen, daß er als Kicky auch an der Löffelheimer Scala Triumphe feierte und daß eigens für ihn neue Kieks-Opern geschrieben wurden.

Sein alter Lehrer, der eine umfangreiche Lebensbeschreibung seines Schülers verfaßte, schrieb darin: „Was unserem Sänger die Herzen junger und alter, einfacher und gebildeter Hasen öffnet, ist neben seinen sängerischen Qualitäten vor allem jener herzerquickliche Kiekser aus seiner Kinderzeit, den er sich bis ins hohe Alter hinein bewahrt hat.“

Du siehst, Pauline, ich habe mir für Deine Radiergummis die Mühe gemacht, Deinen Wunsch genau zu erfüllen, nämlich den Lebenslauf eines Hasensängers zu beschreiben. Ob Dir die Geschichte verrückt genug ist, mußt Du selbst beurteilen. Ich habe mir jedenfalls auch in dieser Hinsicht Mühe gegeben.

Lass es Dir gut ergehen, prüfe nach, ob Du mir ein bißchen schwarzes Kohlepapier besorgen kannst, und sei samt Deiner riesigen Familie

herzlich gegrüßt

von Deinem
Don Jaime

Achter Brief

Über schwarzes Kohlepapier, Familiendichter, Fräulein Hirsch und gereimte Aufsätze

Beate lacht

Lieber Don Jaime,

die Geschichte vom Hasensänger hat mein Vater der ganzen Familie vorgelesen und dabei ganz herrlich gekiekst. Beate hat sich vor Lachen an einem Apfel verschluckt, und Klaus mußte ihr ganz kräftig auf den Rücken klopfen, damit sie wieder Luft bekam. Hier siehst Du sie auf dem Bild. Nun haben wir Dir gleich schwarzes Kohlepapier besorgt, das wir Dir hiermit schicken. Wir möchten dafür eine Geschichte über eine Maus und einen Elefanten haben, falls Du dazu gerade Lust hast. Vielleicht fällt Dir eine ein. Mein Vater sagt, Du bist ein Familiendichter, weil Harry auch zugehört hat, und der ist ja schon achtzehn.

In Deiner Schlucht Guiniguada, die man Gi-ni-gu-a-da ausspricht, möchte ich mal spielen. Oder beißen einen da die Ratten? Sind in der Schluchtwand auch Höhlen, in die man klettern kann?

Deinen Satz, daß man mit dem Wind segeln muß, wenn man nicht gegen ihn segeln kann, habe ich mir gemerkt. Wir mußten nämlich für Fräulein Hirsch einen Aufsatz schreiben. Da habe ich ein Gedicht gemacht, und sie hat mir eine Sechs gegeben und daruntergeschrieben, ich wäre noch zu jung für Gedichte, und überhaupt wäre ein Aufsatz viel zu ernst für Reime. Da habe ich den nächsten Aufsatz ohne Reime geschrieben und eine Zwei plus bekommen. Jetzt segle ich eben mit dem Wind, und Fräulein Hirsch male ich Dir hier auf.

Frl. Hirsch

Lieber Don Jaime, das schwarze Kohlepapier hast Du bekommen. Jetzt wäre es schön, wenn wir eine Geschichte über eine Maus und einen Elefanten bekommen könnten. Wir sind alle sehr gespannt darauf und grüßen Dich herzlich, besonders aber

Deine Pauline

Nachschrift: Hochwürden Mooshammer hat gesagt, die Tiere kommen ~~se~~ nicht in das Paradies. Ist das wahr?

Neunter Brief

Enthält Weisheiten über das Lachen, das Spielen in Schluchten, über Höhlen und Deutschlehrerinnen und die Geschichte von der Maus und dem Elefanten

Liebe Pauline,
fein, daß Beate sich an einem Apfel verschluckt hat! Entschuldigung! Ich meine, es ist fein, daß Ihr über meine Geschichte so sehr gelacht habt, daß Beate sich an einem Apfel verschluckt hat. Lachen schafft Luft, Laune und Liebenswürdigkeit. (Außer man lacht aus Schadenfreude.)

Das Kohlepapier ist ebenfalls eingetroffen. Ich sage nicht dankeschön, weil mein Dank die Geschichte von der Maus und dem Elefanten ist, die ich auf der Terrasse Nr. 2 in der Hollywoodschaukel erfunden habe. Ich schreibe sie Dir ab, will vorher aber noch auf Deinen Brief eingehen.

In meiner Schlucht könntest Du ruhig spielen, ohne vor Ratten Angst haben zu müssen. Die Gefahr ist nur, daß die Anwohner der Schlucht von ihren Terrassen aus kaputte Besen, Schachteln, leere Flaschen, alte Kinderwagen, Gemüseabfälle oder verrostete Eisenstangen hinunterwerfen und daß ausgerechnet Du getroffen werden könntest. Die Leute pfeifen zwar, bevor sie mit dem Werfen beginnen; aber dann mußt Du so schnell zurückpfeifen, daß sie den Schwung des Wurfes noch bremsen können. Und ich weiß erstens nicht, ob Du überhaupt pfeifen kannst, und zweitens, ob Du schnell genug reagierst. Deshalb rate ich Dir ab, in der Schlucht zu spielen, die ja ohnedies einige tausend Kilometer von Dir entfernt ist.

Höhlen gibt es in der Schluchtwand nördlich meines Hauses. Aber sie stinken. Deshalb geht niemand hinein. Dagegen sind die Höhlen oberhalb der Schlucht, in den Felsen der Ortschaft Angostura,

HÖHLENEINGANG IN ATENARA

sehr einfach zu betreten. Sie sind nämlich auszementiert und bewohnt. Du würdest diese Wohnungen niemals für Höhlen halten, wenn Du es nicht beim Eintreten merken würdest. Es sind normale weißgekalkte Zimmer. Nur einige sehr arme Familien wohnen in Höhlenwohnungen, die immer noch richtige Felslöcher sind. Eine ärmlichere Höhlenwohnung zeichne ich Dir hier auf.

HÖHLENWOHNUNG IN ANGOSTURA

Was Fräulein Hirsch zu Deinem gereimten Aufsatz bemerkt hat, ist ein bißchen verquer. Sie meint anscheinend, ein Aufsatz ist eine ernste Sache und ein Gedicht nur eine hübsche Spielerei. Es kann gelegentlich so sein. Es kann aber auch genau umgekehrt sein. Ich will versuchen, Deine Frage, ob die Tiere in das Paradies kommen, mit einem gereimten Aufsatz zu beantworten. Aber erst muß ich darüber nachdenken. Ich schicke Dir den Aufsatz, wenn ich ihn beendet habe, damit Du ihn Fräulein Hirsch zeigen kannst. Aber das wird wohl noch einige Zeit dauern.

Inzwischen schreibe und zeichne ich Dir erst einmal meine neue Familiengeschichte auf. Hier habt Ihr sie:

Die Maus und der Elefant

Ein sehr junger Elefant irrte eines Tages hungrig durch die Stadt, als ihm eine ältere Maus vor die Füße lief, die er beinahe totgetreten hätte.

„Können Sie nicht aufpassen, Sie Riesenbaby?“ kreischte die Maus. „Wo haben Sie Ihre Augen?“

„Im Kopf“, erwiderte höflich der Elefant. „Aber sie sind vor Hunger trübe.“

„Soso, Sie haben Hunger“, murmelte die Maus, die augenblicklich mütterliche Gefühle für das Elefantenjunge entwikkelte. „Wenn Sie Hunger haben, liebes Kind, muß man als erfahrene ältere Person wohl etwas für Sie tun. Aber was?“

Nachdenklich betrachtete die Maus den langen Rüssel des Elefanten. Dann begannen ihre Barthaare wie ein Radargerät zu spielen und eine Idee zu empfangen.

„Ein Elefant als Haushaltsgerät", sagte sie halblaut zu sich selbst. „Das ist so übel nicht."

„Kommen Sie, Kind!" rief sie dem Elefanten zu. „Ich habe etwas für Sie. Hoffentlich können Sie mit mir Schritt halten."

„Das werde ich schon, Madame", lächelte der Elefant und setzte hinter der eilig trippelnden Maus vorsichtig Fuß vor Fuß.

Sie gingen gemeinsam zu einem großen Wohnblock. Hier sagte die Maus: „Wenn Sie mich gütigst auf Ihren Rüssel nehmen würden, mein Kind, könnten wir gemeinsam zum fünften Stock hinaufgehen."

Also nahm der Elefant die Maus auf die Rüsselspitze, sorgte dafür, daß der Rüssel nicht zu stark schwankte, und trug sie in den fünften Stock, wo er auf Geheiß der Maus einen Klingelknopf drückte.

Auf das Läuten erschien eine freundliche weißhaarige Dame in der Wohnungstür und sagte: „Guten ... oh!"

„Das ist ein hungriger junger Elefant", erklärte die Maus auf dem Rüssel. „Guten Tag, Frau Pfäfflinger."

Die Dame, die erst jetzt die Maus entdeckte, erwiderte: „Guten Tag, Frau Fallmayer. Lange nicht gesehen. Wie geht es Ihnen?"

„Man piept sich durch", piepte die Maus. „Ich wollte Ihnen meinen jungen Freund als Staubsauger empfehlen. Er hat Hunger und braucht eine Stellung."

„Wovon ernähren Sie sich, junger Mann?" fragte die Dame den Elefanten.

„Viel brauche ich nicht, gnädige Frau. Zwei Zentner Heu am Tag."

„Welch ein Zufall!" rief die Dame. „Mein Bruder hat ein Gut vor der Stadt. Aber acht Weiden hat er als Sportplätze

vermietet. Jetzt weiß er nicht, wohin mit dem Heu, das dort gemäht wird. Und er braucht einen Balljungen für die Tennisspieler. Wie wäre das?“

„Genau das Richtige für meinen jungen Freund“, kreischte entzückt die Maus auf dem Rüssel. „Wie ist die Adresse?“

Die Dame erklärte der Maus den Weg, und die Maus blieb auf dem Rüssel sitzen und dirigierte von hier aus den Elefanten genau zu den Sportplätzen, die sie suchten.

Dort waren die Damen und Herren Sportler begeistert über den Elefanten. Er war nämlich nicht nur als Balljunge geeignet, er ersparte obendrein auch die Walze zum Einebnen des Tennisplatzes. Außerdem machte er das lästige Fortschaffen des Heus überflüssig, weil er es fraß. Die Maus hatte ihn genau zur richtigen Zeit an der richtigen Stelle untergebracht.

„Madame, wie soll ich Ihnen danken?“ rief der Elefant gerührt.

„Indem Sie mich von Ihrem Rüssel herunterlassen“, sagte Frau Fallmayer, die Maus. „Ich bin ein bißchen luftkrank geworden, als Sie ihn vor Freude schwenkten.“

„O pardon, Madame!“ rief bestürzt der junge Elefant. „Vor lauter Freude habe ich nicht daran gedacht ...“

„Schon gut, mein Kind“, unterbrach die Maus ihn. „Hauptsache, Sie sind glücklich und zufrieden.“

Und das war der Elefant wirklich. Er blieb auch als sportlicher Mehrzweck-Elefant heiter und zufrieden und ließ jeden Sonntag den Sportlernachwuchs von sechs bis zehn Jahren auf seinem Rücken reiten und auf seinem Rüssel turnen.

„Man muß sich als junger Spund eben nur erfahrenen älteren Personen anvertrauen“, pflegt er zu sagen, „dann kommt alles von selber ins Lot!“

Mit dieser Weisheit eines jungen Elefanten schließe ich meinen Brief, Pauline, wünsche Euch allen viel Vergnügen beim Vorlesen

und bin mit guten Wünschen
wie immer

Dein Don Jaime

P.S.: Ich habe eine neue Geschichte im Kopf; aber ich kann mit ungeputzten Zähnen so schlecht schreiben. Mir ist nämlich meine Zahnpasta ausgegangen, und hier gibt es sie nicht. Herr Gensch von der Drogerie weiß, wie sie heißt. Falls Du sie mir schickst, könnte ich wieder schreiben.

D.O.

Zehnter Brief

Über Quatschgeschichten, Zahnpasta umsonst, Höhlen und Häuser

Lieber Don Jaime,

Mutti sagt, die Geschichte von der Maus und dem Elefanten ist sehr gut, weil man daraus lernen kann, daß es im Leben nicht auf Körpergröße ankommt, sondern auf Klugheit und Erfahrung. Mutti möchte, daß man aus jeder Geschichte etwas lernt. Ich nicht. Ich mag gerne Quatsch machen. Kannst Du für mich nicht mal eine Quatschgeschichte schreiben? Ohne richtigen Anfang und richtiges Ende? Oder geht das nicht, wenn man gelernter Schriftsteller ist?

Weil Du mit ungeputzten Zähnen nicht schreiben kannst, schicke ich Dir hier die Zahnpasta mit, die Herr Gensch mir gegeben hat. Sie ist umsonst. Dafür sollst Du seiner Tochter Brigitte ein Autogramm in ein Buch schreiben, wenn Du hier bist.

Du brauchst keine Angst haben, wenn ich in Deiner Schlucht spiele, weil ich nämlich ganz laut pfeifen kann. Wenn die Leute pfeifen, bevor sie Eisenstangen runterschmeißen, dann pfeife ich ganz schnell wieder. Dann passen sie schon auf.

Die Höhlen von Angostura will ich

besichtigen, wenn ich Dich mal besuche. Ich habe nämlich noch nie eine Wohnhöhle gesehen. Mein Vater sagt, vor ein paar tausend Jahren hat man hier bei uns auch in Höhlen gelebt. Schade, daß wir jetzt Häuser haben.

Hier habe ich Dir eine Höhle aufgemalt, wie ich gerne eine hätte. Wenn so

Meine Kinderhöhle

1) Wohnhöhle, 2) Schlafhöhle, 3) Spielhöhle
4) Krachmachhöhle, 5) Puppenhöhle,
6) Limonadenhöhle, 7) Eselshöhle

eine ähnliche zufällig frei ist, kannst Du mir ja schreiben. Mein Vater und Harry machen dann die Fenster und Türen. Oder kosten Höhlen auch Geld, genau wie Häuser? Dann muß ich warten, bis ich groß bin und Geld verdiene.

Lieber Don Jaime, auf Deinen gereimten Aufsatz bin ich sehr gespannt, weil ich nämlich wissen will, warum die Tiere nicht in das Paradies kommen. Denkst Du bitte an die Quatschgeschichte? Die Zahnpasta hast Du ja schon!

Hier wird es jetzt sehr kalt, und die Bäume sind fast alle kahl.

Beate hat im Diktat eine zwei bekommen, aber Klaus eine vier, der faule Hund.

Also, lieber Don Jaime, putz Dir schön die Zähne, damit Du gut schreiben kannst, und sei vielmals gegrüßt von uns allen.

Viele Grüße

Deine Pauline

Elfter Brief

Enthält Anmerkungen über alles, was ein Ende hat, den Nutzen von Fenstern, Diktatzensuren und die Geschichte einer Kofferkrake

Liebe Pauline,
mit geputzten Zähnen (danke Herrn Gensch für die Zahnpasta!) habe ich auf Terrasse Nr. 11 versucht, eine Quatschgeschichte ohne Anfang und Ende für Dich zu schreiben; aber das ist gar nicht so einfach. Außerdem mag ich Geschichten ohne Anfang nicht. Ich mag Einleitungen so gern. (Je umständlicher, desto besser.) Deshalb habe ich der Geschichte auch eine besonders umständliche Einleitung gegeben, die deshalb beinahe kein richtiger Anfang ist. (Also das, was Du wolltest.) Schwer war es, der Geschichte kein Ende zu geben, denn, schau, fast alles hat ein Ende: die Wurst, der Aufsatz, das Leben, die Ferien, der Sommer und eben auch eine Geschichte. (Du siehst es an meiner Zeichnung.)

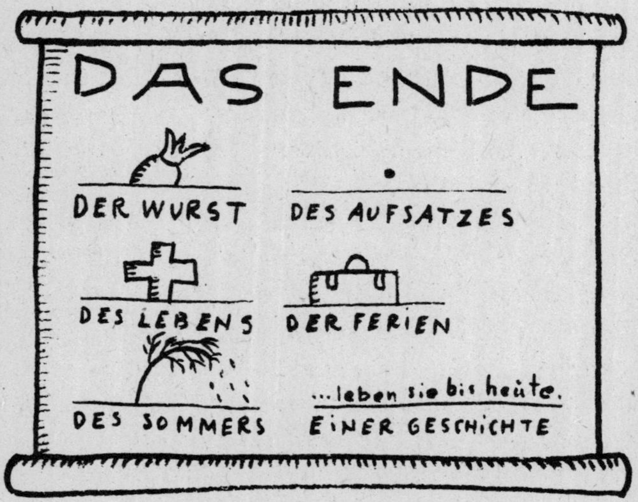

Weil aber trotzdem ewig alles weitergeht, das Wurstmachen, das Aufsatzschreiben, das Leben, das Ferienmachen, die Jahreszeiten und das Geschichtenerfinden, ist es natürlich möglich, eine Geschichte zu schreiben, die kein Ende hat, weil sie endlos weiterläuft wie die Geschichte von dem Huhn, das ein Ei legt, aus welchem ein Huhn kommt, das ein Ei legt, aus welchem ein Huhn kommt, das wiederum ein Ei legt, aus welchem ein Huhn ... Du verstehst, nicht wahr?

Daß Du gern in einer Höhle leben möchtest, kann ich verstehen; als Kind habe ich mir auf unserem Dachboden auch immer Höhlen gebaut. Aber als Erwachsener hat man ganz gern ein bißchen Übersicht und Aussicht, und man schaut gern aus dem Fenster. Das ist in Höhlen manchmal schwierig.

Die Einteilung Deiner Kinderhöhle hast Du Dir hübsch ausgedacht, ich würde Dir auch gern eine passende Höhle besorgen. Aber leider kosten sie Geld, weil viele reiche Leute aus Las Palmas sich jetzt Sommerhöhlen anschaffen. Dadurch sind Höhlen teuer geworden. Leider.

Die Diktatzensuren von Beate und Klaus hast Du mir geschrieben, aber Deine eigene nicht. War sie so schlecht?

Jedenfalls schreibe ich Dir jetzt die neue Geschichte ab, an der ich ziemlich lange herumgebastelt habe. Dafür gingen mir die Zeichnungen diesmal flinker von der Hand.

Lies mit Geduld:

Polly Plauz, die Kofferkrake

Polly Plauz war eine Krake von ungewöhnlicher Größe. Wenn sie sich auf den Bauch legte, genauer gesagt, wenn sie sich auf den Kopf stellte, vielmehr, wenn sie sich auf das Kinn stützte, nein, wenn sie ihre acht Fangarme spreizte und auf dem Boden lag, vielmehr: stand, nein: hockte oder sagen wir: sich befand, wenn sie sich also – einem achtzackigen Stern gleich – auf dem Boden befand, dann maß sie vom Ende des einen Fangarmes bis zum Ende des gegenüberliegenden Armes volle zehn Meter.

Unsere Geschichte kann also zu Recht beginnen mit der Feststellung, daß Polly Plauz eine Krake von ungewöhnlicher Größe war.

Trotzdem war Polly Plauz liebenswürdig von Natur. Das heißt – um wiederum genau zu sein – sie war schlicht liebenswürdig und nicht trotz ihrer Größe; denn große Tiere (auch unter den Menschen) sind ja oft liebenswürdig, zum Beispiel Elefanten und Gewichtheber.

Polly war also liebenswürdig und kam sich ihrer Größe wegen keineswegs groß und bedeutend vor. Im Gegenteil: Niemand war bescheidener und höflicher als sie. Das heißt – um immer hübsch genau zu bleiben – auch das ist im Grunde kein Gegensatz; denn viele Tiere und Leute, die wirklich groß und bedeutend sind, bleiben dabei bescheiden und höflich. Der König der Tiere zum Beispiel, der Löwe, ist die Sanftmut in Person, wenn er satt ist, und manche großen und bedeutenden Menschen sind oft viel bescheidener als ihre eigenen Angestellten.

Um auf Polly Plauz zurückzukommen: Sie war also, wie wir festgestellt haben, eine Krake von ungewöhnlicher Größe, von liebenswürdiger Natur und obendrein höflich und bescheiden.

Mehr braucht man über den Charakter dieser Krake nicht

zu wissen, um verstehen zu können, wieso sie auf der Mole von Casablanca plötzlich zu einer Kofferkrake wurde.

Auf der Mole von Casablanca beginnt – mit den sechs Gepäckstücken eines spanischen Tänzer-Ehepaares – die eigentliche Geschichte.

Das heißt, der Anfang der Geschichte liegt eigentlich in einem Charakterzug von Polly Plauz, den ich vergessen habe zu erwähnen, nämlich in ihrer Menschensüchtigkeit. Sie war –

um es immer wieder genau zu sagen – furchtbar neugierig auf oder nach oder in bezug auf Menschen. Sie nahm – obwohl sie ein Wassertier mit Fischblut war – glühendes Interesse an allem, was die Menschen taten. Damit dürfte erklärt sein, was ich meinte, als ich behauptete, Polly Plauz sei menschensüchtig gewesen.

Bei der Ankunft oder Abfahrt jedes großen Dampfers war Polly Plauz dabei. Sie gehörte dazu wie der Zollinspektor, der Hafenagent oder der Lademeister.

Das oben erwähnte Tänzerpaar nun, mit dessen sechs Gepäckstücken die Geschichte beginnt, kannte Polly Plauz trotzdem nicht, weil es zum erstenmal auf der Mole von Casablanca stand. Es ist für die Geschichte wichtig, daß man das weiß. Die beiden hießen übrigens Angela und Enrique und traten beim Tanzen stets gemeinsam auf. Angela war immer zerstreut und sehr nervös. Enrique, ihr Mann, war aufmerksam und sagte immerzu „ja, meine Liebe", wenn seine Frau ihn etwas fragte oder etwas von ihm wollte.

Damit, daß Frau Angela Herrn Enrique etwas fragte, fängt die Geschichte nun an. Sie fragte nämlich vorwurfsvoll: „Enrique, sind alle Gepäckstücke da? Hast du schon einen Träger bestellt?"

Darauf antwortete Enrique, seiner Gewohnheit gemäß: „Ja, meine Liebe!"

So kam es, daß Frau Angela – die, wie gesagt, sehr nervös und zerstreut war – einen Arm, der irgendwo von rechts kam, für einen Gepäckträgerarm hielt. Sie zeigte deshalb auf einen großen Überseekoffer und sagte: „Nehmen Sie den zuerst. Wir haben Kabine sieben auf dem Schiff. Und dann nehmen Sie diesen Korb hier."

Als ein zweiter Arm sich nach dem Korb ausstreckte, schenkte die Tänzerin ihm kaum Beachtung und fügte hinzu: „Dieser Holzkoffer gehört uns auch. Ebenso der Blechkoffer da und das Köfferchen mit dem schottischen Bezug."

POLLY IN BETRIEB

Sie schenkte dem vermeintlichen Gepäckträger immer noch keine Beachtung, als ein dritter und ein vierter Arm in Tätigkeit traten. Erst als ein fünfter Arm sich in Richtung ihrer Hutschachtel vorstreckte, wurde sie stutzig, weil Gepäckträger gewöhnlich nur zwei Arme und Hände haben. Sie drehte deshalb mit erstaunt hochgezogenen Augenbrauen den Kopf nach rechts und …

Wie gesagt, sie kannte Polly Plauz noch nicht und war, wie schon mehrfach erwähnt wurde, sehr nervös und deshalb auch sehr schreckhaft. Kein Wunder, daß sie bei Polly Plauzens Anblick in Ohnmacht sank. Erstaunlich dabei war aber, daß sie vorher noch ausrufen konnte: „Enrique, fang mich auf!“

Der Tänzer sagte, seiner Gewohnheit gemäß: „Ja, meine Liebe!“ Er guckte dabei aber, seiner Gewohnheit gemäß, gar nicht hin.

So mußte Polly Plauz mit dem sechsten Arm, der noch frei war, die umsinkende Tänzerin auffangen. (Arm sieben und acht brauchte sie ja, um sich auf den Beinen, vielmehr: auf den Armen oder sagen wir: um sich aufrecht zu halten.)

Natürlich war es für Polly, die Krake, ein bißchen ungewohnt, mit fünf Gepäckstücken und einer ohnmächtigen Tänzerin in sechs Armen dazustehen. Deshalb fragte sie in der ihr angeborenen bescheidenen Art: „Verzeihen Sie, Herr Enrique, könnten Sie nicht ein Gepäckstück übernehmen, zum Beispiel Ihre Frau? Ich habe nämlich nur sechs Arme zur Verfügung.“

Der Tänzer war schon im Begriff, „ja, meine Liebe“ zu sagen, als ihm einfiel, daß seine Frau nur zwei Arme hatte, daß es also unmöglich seine Frau sein konnte, mit der er gerade gesprochen hatte.

Deshalb drehte auch er den Kopf wie zuvor seine Frau, allerdings nicht nach rechts, sondern nach links.

Als er nun die Krake entdeckte, die außer fünf Gepäckstücken auch noch seine Frau trug, erbot er sich sogleich bereitwillig, ebenfalls etwas zu tragen, und nahm das Köfferchen, das mit schottisch gemustertem Stoff bezogen war. Dann ging er voraus aufs Schiff, und Polly Plauz folgte ihm sanftmütig und leicht schwankend mit dem restlichen Gepäck.

So kam es, daß die Krake Polly Plauz sozusagen von einem Augenblick zum anderen eine Kofferkrake wurde, weil eine spanische Tänzerin nervös, zerstreut und schreckhaft und weil sie selbst so ungemein liebenswürdig von Natur war.

Damit ist die Geschichte, wie Polly Plauz eine Kofferkrake wurde, genaugenommen, zu Ende. Daß Polly hinterher mit dem Tänzer-Ehepaar und dessen sechs Gepäckstücken durch ganz Europa reiste, lag einfach daran, daß keiner der drei seinen Charakter ändern konnte. Angela blieb zerstreut. Enrique hilfsbereit und unaufmerksam, und Polly konnte es einfach nicht mit ansehen, daß die beiden Leute ständig mit ihrem Gepäck in Hafen-, Bahnhofs- oder Flugplatzgegenden herumstanden.

Mit der Zeit besserte sich zwar das Verhältnis der drei zueinander; aber grundsätzlich blieb es, wie es am Anfang gewesen war. Frau Angela zuckte immer wieder zusammen, wenn auf Bahnhöfen oder Flugplätzen statt eines Gepäckträgers die Riesenkrake erschien und hilfsbereit sechs Arme ausstreckte. Immer wieder rief sie: „Enrique, kannst du nicht endlich einen Gepäckträger organisieren, damit wir dieses kolossale Weichtier loswerden?“ (Daß Kraken Weichtiere sind, hatte sie im Lexikon nachgelesen.)

Stets antwortete Enrique, seiner Gewohnheit gemäß: „Ja, meine Liebe!“ Aber wie stets unternahm er nichts, und Polly Plauz blieb gar nichts anderes übrig, als seufzend das Gepäck der beiden zu verfrachten, worin sie bald große Übung hatte. Sie legte sich im übrigen stets als Gepäckstück Nummer sieben dazu, um den Hals, vielmehr um den unteren Teil des Kopfes ein Schild gehängt, auf dem zu lesen stand:

VORSICHT!
KÜNSTLERGEPÄCK!
LEBENDES TIER!

Nicht unerwähnt bleiben soll, obwohl die Geschichte längst zu Ende ist, daß Enrique und Angela bald sehr bekannt wurden unter dem Namen „Die Tänzer mit der Kofferkra-

ke". Sie bekamen unter diesem Namen sogar mehr Geld als vorher, gaben aber auch viel Geld für die Ernährung von Polly Plauz aus, die einen sehr eigenen Geschmack hatte und zum Beispiel alles verschmähte, was nur entfernt nach Hering roch.

Nicht unerwähnt bleiben soll auch, daß Frau Angela ihrer Kofferkrake dreimal wöchentlich abgezähltes Geld in einen Fangarm drückte, damit sie ein Hallenbad, eine Badeanstalt oder notfalls auch ein Wannenbad besuchen konnte. (Denn Frau Angela hatte im Lexikon gelesen, daß Kraken normalerweise im Wasser leben.)

Trotz all dieser erfreulichen Kleinigkeiten kann man nicht behaupten, daß die drei miteinander glücklich geworden wären. Sie schickten sich nur, wie so viele Menschen, seufzend ins Unvermeidliche.

In Wirklichkeit möchte Polly Plauz nämlich viel lieber im Atlantik leben und ab und zu auf die Mole von Casablanca klettern, vielmehr: steigen oder sagen wir: sich hinaufbegeben, statt ständig Artistengepäck zu schleppen. Aber da Polly, wie schon mehrfach erwähnt wurde, sehr liebenswürdig ist und da Enrique trotz immer neuer flehentlicher Bitten seiner sehr nervösen und zerstreuten Gattin nicht imstande ist, einen Gepäckträger heranzuholen, deshalb ergreift Polly Plauz als inzwischen gut trainierte Kofferkrake immer wieder die sechs Gepäckstücke, und so …

So ist es eine Geschichte ohne Ende – wie so viele Geschichten auf dieser komischen Erde.

Du siehst, Pauline, die Geschichte hat, wie Du es gewünscht hast, kein Ende. So soll wenigstens dieser Brief ein Ende haben.

Ich grüße Euch alle recht schön, wünsche mir für die nächste Geschichte einen Bleistiftspitzer mit Plastiktopf (für die Späne) und wünsche Dir trotz Kälte und kahler Bäume von den Sonneninseln

alles Gute

als Dein
Don Jaime

SO EINEN ANSPITZER
MEINE ICH

Zwölfter Brief

Über Bleistiftspitzer im Plastiktopf,
Geschichten, aus denen man nichts lernen kann,
und über Quatsch und Quatsch

Lieber Don Jaime,

den Bleistiftspitzer mit Plastiktopf (für die Späne) schicke ich Dir extra. Weil er nicht in einen Briefumschlag paßt.

Stell Dir vor, mein Vater hat nach der Geschichte von der Kofferkrake gesagt, jawohl, so ist das Leben. Kein Mensch ändert sich, jeder bleibt, wie er ist, und so drehen wir uns immer in demselben Karussell. (Wie man Karussell schreibt, habe ich im Wörterbuch nachgesehen.) Was sagst Du dazu? Jetzt haben wir aus Deiner schönen Quatschgeschichte doch noch etwas gelernt.

Kannst Du nicht eine Geschichte ~~sct~~ schreiben, aus der man ganz bestimmt nichts lernt? Vielleicht über ein Tier, das es gar nicht gibt? Oder ist das zuviel verlangt für einen Bleistiftspitzer mit Plastiktopf? Jedenfalls, lieber Don Jaime, weißt Du nun, was ich mir wünsche.

Ich habe mir jetzt überlegt, daß ich doch nicht in einer Höhle wohnen will, weil ich nämlich auch gern aus dem Fenster gucke, besonders hinten hinaus, und das kann man ja in Höhlen nicht.

Hier bei uns ist Schnee in der Luft, sagt mein Großvater. Jetzt möchte ich gern auf Deiner Insel sein und baden. Habt Ihr einen schönen Badestrand? Ich war nur einmal an der Nordsee, als ich noch klein war. Da hat es mir sehr gefallen.

Der Harry hat gestern gesagt, die Geschichte von der Kofferkrake ist Quatsch. Da habe ich ihm gesagt, daß Du extra eine Quatschgeschichte für mich geschrieben hast. Danach sagte Harry, Quatsch und Quatsch ist zweierlei. Ich habe Dir aufgemalt, wie er ausgesehen hat, als er das gesagt hat.

Mein Bruder Harry

Trotzdem habe ich mich gefreut, daß er aus der Geschichte nichts gelernt hat. Weil es also doch eine richtige Quatschgeschichte geworden ist.

Lieber Don Jaime, denkst Du an das Tier, das es nicht gibt? Du kannst es ja auf Deiner Terasse Nr. 11 beschreiben, weil Dir da soviel einfällt.

Meine Diktatzensur habe ich Dir nicht mitgeteilt, weil wir gar kein Diktat geschrieben haben. Für das letzte bekam ich eine Drei. Ich hatte fünf leichte und zwei schwere Fehler.

Wenn Du am Badestrand liegst, denke auch einmal an das kalte Deutschland, und viele liebe Grüße

Deine Pauline

Dreizehnter Brief

Enthält gescheite Sätze über den Quatsch und das Spiel und die Geschichte vom Birzel

Liebe Pauline,
schönen Dank für Deinen Brief! Der Bleistiftspitzer ist noch nicht da, aber das Birzel ist schon erfunden. Ich schreibe Dir am Schluß des Briefes darüber.

Daß Dein Vater aus meiner Geschichte von der Krake etwas gelernt hat, liegt daran, daß Quatschmachen, genau besehen, eine beinahe ernsthafte Angelegenheit ist. Es gehört ja zum Spielen, Abteilung Unsinn. Und spielend lernen Menschen und Tiere sehr vieles. Sprechen zum Beispiel. Und essen. Und fliegen. Und gehen. Und die Hände benutzen.

Wenn Dein Bruder Harry die Geschichte von der Krake Quatsch nennt, meinte er etwas anderes. Er findet sie albern. Vielleicht hat er kein Talent zum Spielen. Er nimmt ja auch den Sport todernst. Er vergißt, daß es heißt: Olympische Spiele. Und nicht: Olympische Pflichten. Vielleicht erklärst Du ihm das einmal.

Der Schnee, der bei Euch in der Luft lag, wird inzwischen wohl schon gefallen sein. Hier sind jedenfalls schon viele deutsche Touristen, die vor dem Winter geflohen sind.

Übrigens haben wir hier nicht nur einen Badestrand, wie Du meinst, sondern über dreißig, einige mit schwarzem, andere mit weißem Sand. Der größte, viele Kilometer lang, ist eine Bucht in Las Palmas. Er hat sehr weißen Sand, eine schöne Promenade mit vielen Laternen und draußen im Wasser ein langes Riff, das die hohen Wellen, die Haie und oft auch die Quallen abhält, die sich mit ihren Fäden in die Haut einbrennen. Ich würde Dir den Strand gern aufzeichnen; aber dann müßte ich im Hintergrund die große Stadt mit den Hotels, Hochhäusern und Straßenschluchten zeichnen. Und dafür ist kein Platz.

Deshalb verzichte ich darauf, zeichne lieber ein paar Illustrationen für die folgende Geschichte und stelle sie Dir hiermit vor als:

Das Birzel

Alle Förster sagen, daß das Birzel ein ungewöhnlich liebes Tier ist, besonders an Donnerstagen und ganz besonders morgens zwischen neun Uhr fünf und neun Uhr fünfundzwanzig. Deshalb war ich sehr froh, als ich das Birzel eines Freitags um zwölf Uhr traf; denn Freitag ist nahe an Donnerstag, und zwölf Uhr ist nahe an neun Uhr fünfundzwanzig.

Das Birzel war auch froh, mich zu treffen. Es sagte: „Man sieht dich sonst freitags nie."

„Ja", antwortete ich, „meistens schreibe ich Geschichten."

„Das dachte ich mir", sagte das Birzel. „Am Mittelfinger deiner rechten Hand hast du gleich neben dem Nagel einen Hüg. Das kommt vom Schreiben."

„Was habe ich am rechten Mittelfinger, Birzel?"

„Einen Hüg. Das ist ein sehr, sehr kleiner Hügel. Deshalb habe ich das el weggelassen. Übrigens ist der Hüg aus Hornhaut."

„Ja", sagte ich und sah mir meinen rechten Mittelfinger an.

„Der Hüg ist wirklich aus Hornhaut. Du hast scharfe Augen Birzel.“

„Das haben wir Füchse alle.“

„Bist du denn ein Fuchs?“ fragte ich.

„Naja“, sagte das Birzel verlegen. „Ein richtiger Fuchs bin ich natürlich nicht, eher vielleicht ein See-El. Findest du nicht?“

„Ich weiß nicht, was ein See-El ist“, sagte ich.

„Ein See-El“, erklärte das Birzel, „ist der Vorderteil eines See-Elefanten. Findest du nicht, daß ich damit Ähnlichkeit habe?“

„Aber nein!“ rief ich. „Überhaupt nicht. Außerdem bis du dafür viel zu klein.“

„So, bin ich das?“ fragte das Birzel. Dann sagte es nachdenklich: „Ich möchte wirklich wissen, mit welchem Tier ich Ähnlichkeit habe. Vielleicht mit einem Tiger? Was meinst du? Findest du mich tigerhaft?“

Ich sah mir das Birzel genau an und antwortete: „Eine entfernte Ähnlichkeit mit einem Tiger hast du. Natürlich in Kleinformat.“

„Nicht wahr?“ rief aufgeregt das Birzel. „Du hast also auch bemerkt, daß ich mit einem Tiger Ähnlichkeit habe?“

„Wer hat es denn noch bemerkt?“ fragte ich.

„Mein Freund Pf“, sagte das Birzel.

„Und wer ist das?“

„Pf ist das Vorderteil vom Pferd“, sagte das Birzel. „Ich rede nämlich immer nur mit seinem Vorderteil, weißt du.“

„Mit seinem Hinterteil kann man ja auch nicht reden, Birzel.“

„So? Das wußte ich nicht“, sagte das Birzel. „Aber jetzt muß ich zu meiner Höhle im Um.“

„Um ist sicher der untere Teil vom Baum“, bemerkte ich.

„Ja“, sagte das Birzel und war sehr erstaunt. „Woher wußtest du das?“

BIRZELS HÖHLE IM UM

„Man lernt dies und das im Umgang mit einem Birzel“, antwortete ich.

„Das freut mich, mein Lieber. Das freut mich sogar sehr. Dann sollten wir vielleicht zusammen Eisenbahn fahren. Meine Höhle sehe ich ja sowieso jeden Tag.“

„Aber Birzel, wir sind doch im Wald. Da gibt es keine Eisenbahn.“

„Wie schade!“ rief das Birzel und sah sehr betrübt aus. „Immer, wenn ich auf etwas Lust habe, ist das Etwas nicht da. Nicht einmal eine Eisenbahn gibt es hier.“

„Dafür gibt es hier Pilze, Schnecken, Farne und ...“

„... und Birzel“, ergänzte das Birzel.

„Ja“, erwiderte ich, „Birzel gibt es auch in diesem Wald. Und das ist eigentlich das Erstaunlichste an ihm.“

„Wieso ist das erstaunlich?“, fragte das Birzel.

„Weil Birzel so selten sind, Birzel. Ich kenne nur ein einziges, und das bist du.“

„Wenn ich es mir recht überlege“, sagte das Birzel, „hast du recht. Ich kenne auch nur ein einziges Birzel. Nämlich mich. Und ich bin mir noch nicht einmal im klaren darüber, ob ich wirklich ein Birzel bin.“

„Aber, aber!“ rief ich. „Daß du ein Birzel bist, ist nun wirklich das einzige, was wir mit Sicherheit wissen. Du kannst alle andern im Wald fragen. Sie werden es dir bestätigen.“

„Gut“, sagte das Birzel. „Fragen wir die andern. Gehen wir zum Uhu.“

Also gingen wir zum Uhu, der auf seinem Baum schnarchte und selbst beim Schnarchen „u-huuu, u-huuu“ machte.

„Uhu!“ rief das Birzel.

Der Vogel öffnete das linke Auge, gab aber keine Antwort.

Also rief auch ich: „Uhu!“

Nun öffnete der Vogel auch das rechte Auge, gähnte und fragte: „Was gibt es so Wichtiges, daß ihr mich im Schlafe stört?“

„Du sollst mir sagen, wer ich bin!“ rief das Birzel.

„Du?“ fragte der Uhu und schaute mit großen Augen vom Baum herab. „Du willst wissen, wer du bist?“

„Ja“, sagte das Birzel ungeduldig. „Wer bin ich?“

„Das ist keine leichte Frage“, erwiderte der Uhu. „Besonders, wenn man mitten aus dem Schlaf gerissen wird. Ich würde sagen, du bist ein Tier.“

„Das weiß ich selbst“, sagte das Birzel, das immer ungeduldiger wurde. „Aber wie heiße ich?“

„Auch das ist keine leichte Frage“, sagte der Uhu. „Ich

weiß, daß man dich allgemein das Birzel nennt. Aber was ist ein Birzel? Und wie heißt ein Birzel? Laßt mich noch ein bißchen schlafen. Vielleicht fällt mir im Traum dein Name ein."

Der Uhu schloß die Augen, und Sekunden später schnarchte er schon wieder.

Das Birzel sagte: „Es ist immer dasselbe mit dem Uhu. Wenn man ihn braucht, schläft er. Wenn er aber wach ist, macht er alle Welt konfus mit seinen Reden."

„Aber er hat dir doch bestätigt, Birzel, daß du ein Birzel bist."

„Wieso hat er das?" rief das Birzel. „Er hat nur gesagt, daß man mich allgemein so nennt. Aber er weiß nicht, was ein Birzel ist! Und wie ich heiße, weiß er auch nicht!"

BIRZELS FREUND UHU

KANINCHEN

Das arme Tier war schrecklich aufgeregt. Deshalb sagte ich: „Gehen wir zum Kaninchen. Das ist ein Tier, das niemand konfus macht, und es weiß auf beinahe alles eine Antwort.“

„Gut“, sagte das Birzel. „Gehen wir zum Kaninchen.“

Wir wanderten also zur Böschung am Waldrand, wo das Kaninchen seit Jahren auf den blauen Hasen wartet. Wir sagten: „Guten Tag, Kaninchen, ist der blaue Hase noch nicht da?"

„Nein", sagte das Kaninchen. „Er verspätet sich unglaublich. Allmählich verliere ich die Geduld."

„Bevor du sie verlierst, möchte ich dich etwas fragen", sagte das Birzel.

„Dann frag schnell!"

„Also Kaninchen, ich wüßte gern, wer ich bin."

„Du bist das Birzel", sagte das Kaninchen.

„Und was ist ein Birzel?"

„Ein Birzel ist ein Birzel", antwortete das Kaninchen, ohne zu zögern. „Und wenn du auch noch wissen willst, wie du heißt, dann sage ich dir: Das weiß ich nicht. Und nun geh, denn ich verliere die Geduld. Ich warte nämlich auf den blauen Hasen."

Mit diesen Worten wandte das Kaninchen sich von uns ab, und das Birzel und ich gingen in den Wald zurück.

„Jetzt sind wir genauso schlau wie vorher", sagte ich.

„Aber wieso denn?" rief das Birzel. „Jetzt weiß ich doch endlich, was ein Birzel ist und wie ich heiße."

„Und was, bitteschön, ist ein Birzel?" fragte ich.

„Ein Birzel ist ein Birzel", sagte vergnügt das Birzel.

„Und wie heißt du?"

„Das weiß ich nicht."

„Also weißt du doch nicht, wie du heißt!"

„Aber doch!" rief das Birzel, das wieder ungeduldig wurde. „Ich heiße Dasweißichnicht! Ich bin das Birzel Dasweißichnicht. Verstehst du? Und jetzt muß ich zu meiner Höhle und meinen Namen auswendig lernen. Es ist heute sowieso Freitag. Da rede ich nicht gern mit Leuten. Auf Wiedersehen!"

Im Augenblick war das Birzel verschwunden, und ich hörte

BIRZEL AUF DEM WEGE

nur noch, wie es ununterbrochen vor sich hinmurmelte: „Dasweißichnicht, Dasweißichnicht, Dasweißich ...“ Dann hörte ich nichts mehr.

Seitdem habe ich das Birzel nie wiedergesehen.

Falls Du dem Birzel einmal begegnen solltest, grüß es von mir, Pauline!

Dich und die Deinen grüßt herzlich Dein

Don Jaime

PS: Wenn Du bedenkst, daß hier öfter der Strom ausfällt, wirst Du verstehen, daß eine Schachtel nichttropfender Kerzen mir große Dienste leisten würde.

D.O.

Vierzehnter Brief

Über nichttropfende Kerzen, das Birzeln, Hochwürden Mooshammer, einen Schneemann und eine Krähe

Lieber Don Jaime,

hoffentlich findest Du diesen Brief zwischen den nichttropfenden Herzen! Was ich dafür haben will, schreibe ich Dir zum Schluß.

Das Birzel habe ich gestern getroffen. Es lernt immer noch seinen Namen auswendig und sagt immer nur: "Dasweißichnicht". Es sah aber nicht wie ein Tiger in klein aus, eher wie ein Igel ohne Stacheln. Ich habe es Dir hier aufgemalt.

In meiner Familie wird jetzt viel gebirzelt. Sogar Harry sagte gestern: "Ich gehe zum Schlittsch." Weil er nämlich nur ein bißchen Schlittschuhlaufen wollte, hat er das "uhlaufen" weggelassen. Ich glaube, er ~~hd~~ hat doch Talent zum Spielen.

Beates ganze Klasse birzelt auch. Wenn sie in die Schule gehen, sagen sie: "Wir gehen in die Sch." Weil sie ja nur in den vorderen Eingang gehen. Und Beates Lehrerin hat gesagt: "Wir schreiben jetzt ein Dikt". Weil es nur ein kleines Diktat werden sollte.

Der Schnee ist jetzt da. Wir haben schon einen Schneemann gebaut. Gestern

Das Birzel

Meine Freunde

hat eine Krähe auf seinem Kopf gesessen, und heute auch wieder. Ich glaube, es war dieselbe. Vielleicht unterhält sie sich mit dem Schneemann.

Lieber Don Jaime, ich möchte gern wissen, über was sich die Krähe mit einem Schneemann unterhält. Kannst Du Dir das auf Deiner Sonneninsel vorstellen? Dann schreibe darüber doch eine Geschichte für mich. Für die nichttropfenden Kerzen.

Wie weit bist Du mit Deinem gereimten Aufsatz über die Tiere, die nicht in das Paradies kommen? Kann der heilige Franziskus vielleicht auch darin vorkommen? Oder ist das zuviel verlangt?

Hochwürden Mooshammer habe ich Deinen letzten Brief vorgelesen. Er hat gesagt, ich soll Dir schö Grü bestellen, also kleine schöne Grüße, weil Du nicht katholisch bist. Er kann auch schon birzeln.

Nach Deinem Badestrand habe ich keine Sehnsucht mehr, weil wir jetzt Schlitten fahren und Schlittschuh laufen. Aber ich wünsche Dir lustige Wellen und mir selber eine neue Geschichte vom Schneemann und der ~~Kra~~ Krähe.

Viele liebe Grüße von uns allen
Deine Pauline

Fünfzehnter Brief

Enthält schö Grü an Hochwürden Mooshammer, Hinweise auf einen Flug nach Afrika und eine Geschichte aus der Wüste Sahara

PALMENHAIN OHNE BIRZEL

Liebe Pauline,
birzelt Ihr immer noch? Mir ist das Birzel leider nicht wieder begegnet, obwohl ich am Donnerstag punkt neun Uhr fünfzehn in einem Palmenhain war. Aber wahrscheinlich ist ein Palmenhain kein Wald. Und ich fürchte, das Birzel weiß es. (Palmenhain als Zeichnung anbei.) Übrigens sah das Birzel, als ich ihm damals begegnete, ganz anders aus als auf Deiner Zeichnung. Liegt das am Birzel oder an Pauline?

Bestelle Hochwürden Mooshammer auch von mir schö Grü. Wir waren ja früher Nachbarn, weil sein Postfach neben dem meinen war.

Den gereimten Aufsatz über die Tiere und das Paradies habe ich fast fertig. Ich weiß aber nicht, ob ich ihn beenden kann, weil ich nächste

Woche nach Afrika fliege. Ich hoffe aber, Du bekommst das Gedicht noch vor meinem Abflug.

Eine Schneemannsgeschichte schreibt sich hier sehr leicht. Weil man sich nämlich auf einer Sonneninsel den Schnee heftig vorstellen muß. Und was man sich heftig vorstellen muß, ist schon eine halbe Geschichte.

Aber ich brauche die Schneemannsgeschichte gar nicht erst zu erfinden, weil mein Freund Brahim in der Sahara mir bei meinem letzten Besuch eine Geschichte erzählt hat, in der auch von Schneemännern und Krähen die Rede ist.

Ich schreibe sie Dir hier auf:

Die Geschichte Brahims, des Mauren

Brahim, der maurische Händler, goß mir in einem winzigen Glas einen neuen starkduftenden Tee auf. Wir saßen im teppichreichen Raum hinter seinem Laden in einer Siedlung am Westrand der Sahara.

„Kommen eigentlich die Geschichtenerzähler nicht mehr zu euch?“ fragte ich ihn.

„Nein“, sagte Brahim. „Sie haben sich ins Innere der Wüste zurückgezogen, zu den Tuaregs, denen sie Zeitung und Radio ersetzen. Uns, die wir Radios und Zeitungen haben, meiden sie.“

„Schade“, sagte ich.

„Warum ist das schade?“ fragte Brahim.

„Weil ich gern eine ihrer Geschichten gehört hätte.“

„Oh“, sagte Brahim, „ihre Geschichten kenne ich gut. Ich

bin im Inneren der Wüste geboren und habe sie als Kind noch gehört. Nehmen Sie einen Schluck Tee; dann erzähle ich Ihnen eine Geschichte."

Während ich von dem aromatischen Gebräu, das er Tee nannte, einen Schluck nahm, breitete Brahim die Ärmel seines Haiks mit beiden Armen wie Flügel aus und warf sie dann mit einer geschickten Bewegung gefältelt auf beide Schultern, um zum Erzählen die Arme und Hände frei zu haben.

Dann erzählte er mir die Geschichte vom Löwen und der Wasserstelle:

Einst lebte im Inneren der Wüste, in dem man gewöhnlich nur Schakale, Hyänen, Wüstenfüchse und allenfalls eine Gazelle trifft, ein Löwe, ein Einzelgänger, der sich auf die allereinfachste Weise ernährte.

Da es weit und breit nur eine kleine Wasserstelle gab, deren Wasser nicht einmal für eine Oase reichte, brauchte der Löwe sich dort nur gegen Abend auf die Lauer zu legen. Immer kam irgendein durstiges Tier, das er schlagen und fressen konnte.

Eines Abends aber kamen zu gleicher Zeit drei Tiere zur Wasserstelle, ein Wüstenfuchs, ein Schakal und eine Gazelle.

Da alle drei dem Löwen gleich gut schmeckten, trat er einfach vor sie hin und sagte: „Wenn ich euch hetze, wird jeder von euch am Ende meine Beute. Deshalb gebe ich euch die Möglichkeit, euch zu retten. Erzählt mir jeder eine Lügengeschichte. Wer am schlechtesten lügt, wird gefressen. Fange du an, Wüstenfuchs."

Der Wüstenfuchs, der wie die beiden anderen Tiere einsah, daß er bei einer Hetzjagd diesem Löwen nicht gewachsen war, seufzte und fragte: „Kennst du die Geschichte vom Wüstenfloh und dem Kamel?"

„Nein", sagte der Löwe. „Erzähle."

Da begann der Wüstenfuchs:

„Einst ritt ein Kamel auf einem Wüstenfloh von hier nach Sidi Ifni. Als sie an eine große Wasserstelle kamen, sagte das Kamel zum Floh: ‚Trinke du zuerst, damit du Kraft hast, mich weiter zu tragen.'

Also hockte der Floh sich an den Rand der Wasserstelle und trank alles Wasser bis auf den letzten Tropfen aus. Das Kamel konnte sich nicht einmal mehr die Zunge befeuchten. Es kam so von Kräften, daß es beim Weiterritt vor Durst starb. Nun fraß der Wüstenfloh das Kamel auf. Seitdem lebt der Floh als freies Tier in der Wüste und ist niemandem mehr dienstbar."

„Nicht übel, diese Lügengeschichte", röhrte der Löwe. „Nun lüge du besser, wenn du kannst, Schakal."

Der Schakal, der wußte, daß der Löwe noch nie das Meer gesehen hatte, fragte: „Hast du schon einmal von den Leuten gehört, die mitten in einer Wasserstelle verdurstet sind?"

„Nein", sagte der Löwe. „Erzähle."

Da erzählte der Schakal:

„Es gibt eine Wasserstelle, die so groß ist, daß man Monate braucht, um sie zu durchschwimmen. Ozean wird sie genannt. Auf dieser Wasserstelle schwimmen eiserne Häuser, die man Schiffe nennt. Auf ihnen fahren die Menschen von einem Rand der Wasserstelle bis zum anderen.

Einmal kam der große Wind, der solche Wellen im Wasser warf, daß ein Schiff mit vielen Menschen nicht an Land kommen konnte. Zwei volle Wochen lang mußten die Leute auf dem Schiff im Wasser bleiben, und dabei verdursteten sie einer nach dem anderen, weil das Wasser des Ozeans so salzig ist, daß man es nicht trinken kann."

„Oho", brüllte der Löwe, „das ist die tollste Lügengeschichte, die ich je gehört habe." Er lachte so dröhnend, daß eine Hyäne, die eine halbe Tagesreise von ihm entfernt war, noch vor Schreck zusammenzuckte.

„Nun lüge du noch besser, Gazelle!" rief der Löwe. „Sonst wirst du mein Abendessen sein."

Die Gazelle, ein Tier, das weit herumgekommen war, zischte dem Wüstenfuchs aus einem Mundwinkel zu: „Hau heimlich ab, wenn der Löwe meiner Geschichte lauscht." Dann fragte sie mit lauter Stimme den Löwen, ob er wisse, warum am Anfang des Jahres so viele Krähen in die Wüste kämen.

„Nein", sagte der Löwe. „Erzähle."

Da erzählte die Gazelle:

„Im Norden liegt ein Land, in dem es um die Jahreswende bitterkalt ist. Dann fällt ein feuchtes Mehl vom Himmel, das man Schnee nennt. Aus diesem Schnee formen die Kinder des Nordens Männer, die sie Schneemänner nennen.

KRÄHE

SCHNEEMANN

Wird es nun wärmer im Norden, dann fällt kein Schnee mehr, und die Schneemänner müssen schmelzen. Deshalb bitten sie alle Jahre die Krähen, nach Süden zu fliegen und die Sonne in ihrem Weg nach Norden aufzuhalten. Dafür schenken die Schneemänner den Krähen ihre Nasen, die wohlschmeckende Rüben sind.

Tatsächlich fliegen die Krähen alljährlich südwärts zu uns in die Wüste. Aber sie können die Sonne in ihrem Lauf nicht aufhalten. So schmelzen die Schneemänner im frühen Jahr, und am Rande der Wüste krächzen die Krähen."

„Potz Geier, Sand und Wüstenwind!" dröhnte der Löwe. „Das ist die allertollste Lügengeschichte, die ich je in meinem Leben gehört habe. Schmelzende Mehlmänner: Wer hat so was schon gehört?"

„Schneemänner", verbesserte die Gazelle.

„Schnee oder Mehl: Gut gelogen bleibt gut gelogen", sagte der Löwe. „Und nun fresse ich den Wüstenfuchs. Er hat am kümmerlichsten gelogen."

Aber als der Löwe sich nach dem Wüstenfuchs umsah, war der verschwunden.

Da lachte der Löwe, der ein guter Verlierer war, und sagte: „Ich wollte schlau sein; aber der Wüstenfuchs war schlauer. Lebt wohl, und bestellt dem Wüstenfuchs, bei unserer nächsten Begegnung rettet ihn auch keine Lügengeschichte."

Brahim, der Händler, ließ die Ärmel seines Haiks wieder von den Schultern gleiten, brühte mir aus einem neuen Kraut einen neuen Tee und sagte: „Wenn die Tuaregs diese Geschichte hören, glauben sie tatsächlich, daß die Gazelle die beste Lügengeschichte erzählt hat. Wer in der Wüste lebt, glaubt nicht an Schnee. Nehmen Sie noch einen Schluck Tee."

Nächste Woche, Pauline, werde ich bei Brahim wieder Tee trinken. Vielleicht erzählt er mir dann eine neue Geschichte. Wenn sie nicht gar zu lang ist, schreibe ich sie Dir in der Sahara auf.

Da ich noch nicht genau weiß, wann ich nach Afrika fliege, bitte ich Dich, mir nichts mehr zu schicken. Höchstens einen Brief. Den gereimten Aufsatz bekommst Du umsonst. Als Zugabe.

Grüße Deine Familie, den Schneemann und die Krähe, und laß es Dir winterlich wohlergehen, wie es sich sommerlich wohlergehen läßt

Dein Don Jaime

Sechzehnter Brief

Über Geschichten, die halb verrückt und halb vernünftig sind, den albernen Harry und Leute vom Lande

Ich

Lieber Don Jaime,

in diesem Brief findest Du ein Selbstbildnis von mir, das Du zur Erinnerung nach Afrika mitnehmen kannst. Es ist auch eine Zugabe. So wie Dein gereimter Aufsatz, auf den ich sehr gespannt bin.

Daß das Birzel für Dich anders ausgesehen hat als auf meiner Zeichnung, kann natürlich auch an Dir liegen. Du siehst mich bestimmt auch anders, als mein Bruder Klaus mich sieht. Meinst Du nicht?

Die Geschichte von Deinem Freund Brahim hat mir sehr gefallen. Sie ist nämlich halb verrückt und halb vernünftig. Ich glaube, das sind die besten Geschichten, findest Du nicht auch? Bei der Geschichte habe ich große Sehnsucht nach dem Frühling bekommen. Weil es nämlich draußen matschig ist. Der arme Schneemann tropft und hat schon keine Nase mehr. Die Krähe besucht ihn auch nicht mehr, die undankbare. So geht es in der Welt, wie mein Vater sagt. (Oder ob die Krähe tatsächlich mit der Nase im Schnabel nach Süden geflogen ist?)

Schreibe mir, bitte, bestimmt von Afrika. Wenn Brahims neue Geschichte zu lang ist, brauchst Du sie mir nicht aufschreiben. Du hast mir ja schon so viele Geschichten geschickt. Willst Du daraus nicht wieder ein Buch machen? Mit dem Gedicht als Schluß? Weil Du die Geschichten für mich geschrieben hast, könnte das Buch vielleicht heißen: Pauline und die Tiere. Aber das überlasse ich natürlich Dir, lieber Don Jaime. Ich will mich nicht aufdrängen.

Meine Familie birzelt nicht mehr, nur noch der Harry. Er wird richtig albern. Vielleicht gefällt ihm die Geschichte von der Kofferkrake jetzt doch. Dem

Hartlbauer, der uns kürzlich besucht hat, hat sie auch gefallen. Er sagt, die Krake ist so gutmütig wie wir Leute vom Lande. Darum schleppt sie auch immer noch das Gepäck für die Tänzer. Anscheinend lernt jeder etwas anderes aus einer Geschichte.

Für Deine Reise nach Afrika wünschen wir Dir alles Gute, und ich male Dir auf, wie Du da aussiehst. Wenn Du mir vorher noch das Gedicht in den Postkasten wirfst, freue ich mich sehr darüber!

Viele gute Wünsche von
Deiner getreuen Pauline

Du in der Wüste

Siebzehnter Brief

Enthält Weisheiten über die Vorfreude und die Ewigkeit und die Legende von der Himmelsschnecke

PAULINE UND DIE TIERE

Liebe Pauline,
Dank für Deinen Brief und Dein Selbstbildnis! Morgen geht meine Reise los. Vorher aber möchte ich Dir noch dankeschön sagen für das Besorgen und Schicken bitter notwendiger Kleinigkeiten und für Deine Anregungen zu den Geschichten. Natürlich wird daraus ein Buch, und auch Dein Name wird darauf stehen. Aber "Pauline und die Tiere" möchte ich es nicht nennen. Lieber: "Briefe an Pauline". Trotzdem wirst Du natürlich mit vielen Tieren auf dem Titelblatt stehen. (So wie in der Zeichnung hier.)

Das Gedicht, das Du nun endlich bekommst, handelt von der Schnecke, die schuld daran ist, daß die Tiere immer noch nicht im Paradies sind. Nur bin ich mir nicht mehr sicher, ob es klug ist, diesen gereimten Aufsatz Fräulein Hirsch und Hochwürden Mooshammer zu zeigen. Ich glaube, das bleibt besser unter uns. (Wenn die beiden später das Buch lesen sollten, sind sie halt selber schuld.)

Fein, daß der Harry jetzt auch birzelt. Sag ihm, das mache mir viel ude. (Das ist der Schluß und Höhepunkt der Freude, der immer am größten ist, abgesehen von der Vorfreude, die noch größer ist.)

Daß der Martlbauer Spaß an der Geschichte von der Kofferkrake hatte, freut mich auch. Ich habe ja immer behauptet, daß er etwas von Geschichten versteht! Ihm kannst Du auch gern den gereimten Aufsatz vorlesen, den ich Dir endlich abschreiben und ein bißchen illustrieren will als:

Die Legende von der Himmelsschnecke

Hört mit Staunen von der großen
Himmelsschnecke dieses Lied,
Die auf weißer Wolkenwatte
Langsam, langsam weiterzieht.

In dem Riesenschneckenhause,
Das schon oft an Sterne stieß,
Trägt die Schnecke alle Tiere
An das Tor zum Paradies.

Doch so langsam ist die Schnecke,
Deren Haus von Stimmen summt,
Daß sie alle hundert Jahre
Nur drei Handbreit vorwärtskummt.

Niemand weiß, wann diese Arche,
Die von tausend Stimmen schwirrt,
Endlich vor dem goldnen Tore
Ihre Fahrt beenden wird.

Aber in dem Schneckenhause,
Unter Huf- und Flügelschlag,
Spricht man nur von diesem einen
Unerhörten großen Tag.

Von des Schneckenhauses Spitze
Schaut der Adler, der dort sitzt,
Unermüdlich, ob von ferne
Nicht ein Schein von Gold aufblitzt.

DIE HIMMELSSCHNECKE

Unter ihm die sieben Eulen
Gucken sich die Sterne an,
Hoffend, daß man aus den Sternen
Tag und Ankunft lesen kann.

Abermals ein Stockwerk tiefer
Pfeifen Fledermäuse schrill,
Weil die Fledermaus am Tore
Ihnen Antwort geben will.

In der Mitte des Gehäuses
Trägt Franziskus, fromm und fein
Alles, was die Tiere melden,
In das Himmels-Logbuch ein.

Mit gespitzten Ohren halten
Unter ihm die Luchse Wacht,
Ob ein ferner Ton von Harfen
Ihre Lauscher zittern macht.

Nur dem Faultier, das ein Stockwerk
Tiefer liegt, ist's einerlei;
Denn es hofft, behaglich gähnend,
Daß die Reise endlos sei.

Auch die Fische, die am Grunde
Fröhlich schwimmen, wünschen nichts,
Als in Ewigkeit zu schwimmen
Bis zum Tage des Gerichts.

Alle andern Tiere aber
Öffnen Auge, Mund und Ohr
Für den Tag der Herrlichkeiten,
Für die Ankunft vor dem Tor.

DAS GOLDENE TOR

Und so zieht die große Schnecke,
Die schon tausend Jahre kroch,
Weiter über weiße Wolken.
Niemand weiß, wie lange noch.

Vielleicht sollten auch wir uns wünschen, in dem Schneckenhaus zu sitzen; denn darin herrscht Vorfreude bis in alle Ewigkeit, und Vorfreude ist bekanntlich die größte Freude. Aber noch leben wir ja lustig auf der runden Erde, Du in Bayern und ich ab morgen in Afrika. Bleiben wir auch weiter lustig; denn die Ewigkeit hat Zeit.

Halte Dich munter, Pauline, trotz Schneematsch und Kälte, genieße die Vorfreude auf den Frühling und grüße Deine riesige Familie!

Dein alter Freund

Don Jaime

P.S.: Aus Afrika schreibe ich Dir! D.O.